MiraijinA
未来人A
Illustration
三弥カズトモ

とりしまぜんじ
鳥島善治
生まれついての悪人面のせいで
同級生から嫌われているが、
善良な性格。
神からもらった生産スキルで、
ハズレ領地の開発に挑む。
低級
ホムンクルス
生産スキルで生み
出された存在。
生産者である善治の
命令で働いてくれる。
低級なので喋り方は
カタコト。
チョウ
善治に懐く虎。
赤と白の縞・長い尻尾
を持つ。
マイナ
善治が人さらいから
助けた幼女。幼いながら
魔法の才能がある。
タン
善治に懐く虎。青と白の
縞・短い尻尾を持つ。

登場人物紹介
桜町メイ
善治のクラスメイトで、
唯一の友達。
中二病でコミュ障で
おっちょこちょい。
ベルフェ
生産スキルで生み
出された存在。
「怠惰」の性質を持つ
上級ホムンクルス。
ずば抜けた戦闘能力
の持ち主。普段は半分
寝ている。
坂宮 徹
善治のクラスメイトで、
モデル並みのルックスを
持つ人気者。
善治を悪人と決めつけ、
目の敵にしている。

1　転移

六月一日——俺、鳥島善治の五月病は一向に治る兆しがない。

入学して僅か二か月だが、高校生活が憂鬱で憂鬱で仕方がない。特に今みたいに、教室前の廊下を歩いている時なんか、胃が痛くなってくる。

今すぐ家に帰りたいという気持ちをなんとか抑えて、一年C組の教室へと入った。

すでに大勢のクラスメイトが登校しており、雑談をしている。俺が教室に入っても挨拶をしてくる者はいない。それどころか俺の顔を見るや否や、目を逸らしたり、侮蔑を含んだ表情を浮かべたりする。

簡単に言うと、俺はこのクラスで嫌われていた。

クラスメイトほぼ全員が、俺に対して何かしら悪感情を持っている。

原因は……ずばり顔だ。

俺は子供の頃から、可愛さや愛嬌とは無縁の顔だった。目つきの悪い、典型的な悪人面なのである。大抵の人から生理的な嫌悪感を持たれるような、どうしようもない容貌なのだ。

他に何か原因があるのかと思うかもしれないが、本当に顔のせいだ。

だって入学してから、特に悪いことはしていない。

最初は嫌われるというより、怖がられるという感じだった。それがいつの間にか、嫌いに変わっていた。俺が薬をやったとか、女を襲ったとか、盗撮したとか、変な噂が流れだしたのだ。

事実無根のデマだが、人と話すのが苦手な俺は弁解出来ずにいた。コミュ力などかけらも持っていない俺は、クラスメイトから嫌われる一方だった。

誤解されたり、嫌われたりすることに慣れてはいる。それでも毎日たくさんの人間から嫌悪や敵意を向けられると、流石に気持ちが落ち込む。

俺は急いで自分の席に向かった。教室の角にある、俺にとっては最高の席だ。

席に座ると、「ねぇ観た？」と隣から声をかけられた。

声の主は、赤いショートヘアーの女子だ。顔は可愛いのだが、美人という感じではない。容姿には幼さが残っている。

クラスメイトほぼ全員から嫌われている俺だが、一人だけ例外がいた。それがこの女子、桜町メイだ。

「お前のアホ面なら今見ているぞ」

「ボクみたいな美少女を捕まえてアホ面とはなんだね。今ゼンジに何を観たか聞くとするならば、『漆黒の双剣士』のアニメに決まってる」

「別に決まってはないけどな」

メイは、昨日も漆黒の双剣士を観ろと騒いでいた。

ちなみに漆黒の双剣士ってのは、マイナーな漫画雑誌に載っている漫画を原作にしたアニメだ。

メイは原作のコアなファンで、アニメ化されると聞いて飛び上がって喜んでいた。

しつこく観るよう勧められたので、俺もなんとなく観ている。

内容はとにかく中二病な描写満載だ。

メイは所謂オタクというやつで、女ではあるが少女漫画には興味がなく、少年漫画系が特に好きだという。

真剣にメイが聞いてくる。

「どうだった？」

「普通」

これは正直な感想だ。つまらないというわけではないが、メイみたいにドはまりするほど好きにもなれない。

「ぐ……いや、確かにそうなんだ……冷静に観てみれば普通のような気もするんだ……それでも、何か知らないけど凄いボクの琴線に触れてくるんだ。主人公のアルガはメチャクチャかっこいいし」

お前それ、作品じゃなくてアルガが好きなだけじゃね？　という野暮なツッコミはしない。

「そもそも俺、あーいう中二病っぽいのそんなに好きじゃないんだわ」

「じゃあゼンジはどういうのが好きなの？」

「うーん、最近流行りの異世界転生系かな」

「な、なんだと！」

　メイは飛び上がらんばかりに大げさに驚く。

「い、いかんぞそれは！」

「嫌いなのか？」

「うん、嫌い」

「即答だな」

「だって異世界転生みたいな、努力もなしに強くなるなんてあり得ないんだ、ボクとしては。いい？　弱点を抱えた主人公が、努力して、頑張って、仲間に支えられて、それで一人前になっていく過程が面白いんじゃないか……！」

　メイは熱く語る。

「でも、漆黒の双剣士もたまたま得た暗黒の力とやらを使って、無双してね？」

「うっ……！　ア、アルガはいいんだ。カッコいいから！」

「一貫性のない奴め」

　他愛のない話をメイと続ける。こんなにペラペラ喋っているメイだが、実は俺を凌駕するほどのコミュ障だ。俺以外の奴とは、ほとんど口をきけない。なので、友達も俺しかいない。

メイが俺と友達になったきっかけは、漆黒の双剣士の主人公のアルガが、俺と似ているとか言って、メイから話しかけてきたことだ。アニメを観たところ、確かに目つきが怖いところだけは似ているような気がする。

俺にとってもメイは唯一の友達だ。恋心を抱いているわけではないが、メイと話をするのは楽しい。

もしかしたらメイがいなければ、クラスメイトの視線や、嫌な噂に耐えかねて不登校になっていたかもしれない。だからある意味、メイは俺の恩人ということになるな。

しばらくすると、教室に黄色い声が上がった。毎日のことなので、特に気にはならない。クラスメイトの一人、坂宮徹（さかみやとおる）が登校してきたのだろう。

「皆、おはよう」

笑顔でクラスメイトに挨拶をする坂宮の顔を俺はちらりと見る。相変わらずとんでもないイケメンである。モデル事務所にいても全く違和感がないというか、むしろモデルと比べても抜きんでているかもしれないくらい、顔が整っていた。その上、背も高く頭もいい。コミュ強で会話も上手い。

ここまでの存在がいると、ほとんどの女子は坂宮に夢中になる。このクラスの女子は、一名を除いて彼に恋心を抱いている。ちなみに一名とはメイだ。こいつは三次元に興味がないらしい。

女子だけでなく、男子にも人気がある。というより、男子は坂宮と仲良くすると女子と仲良くなれると思って、積極的に取り巻きになっている節（ふし）がある。

「あれの何がいいんだか、ボクには分からん」

　メイが坂宮を見ながら呟いた。

「そうか？　男の俺から見ても超イケメンだと思うが」

「あんな少女漫画に出てくる男みたいなのの何がいいんだ」

「少女漫画に出てくる男みたいなのがリアルにいるのがいいんだろ？」

「むう、でもボクとしてはゼンジの方がイケメンだと思うけど」

「え？」

「……っは！　ち、違うんだからね！　単純に顔は良いと思っているだけで、べ、別に好きじゃないんだからね！」

「なんだそのレベルの低いツンデレは」

　……メイは変わった感性をしている奴だ。

　どれだけ贔屓目（ひいきめ）に見ても、俺と坂宮の顔では月とスッポンだ。

　それから先生が教室に入ってきて、ホームルームが始まった。


　午前の授業が終わり昼休みになる。購買に行っていた俺が教室に戻ると、何やら騒がしい。

「こ、怖いよぉ」

「誰がこんなこと！　許せないわ！」

女子が一人泣いており、その友達が怒っている。

「メイ、何があったんだ？」

まだ弁当を食べていたメイに尋ねた。

「あの泣いてる女子が体操着を盗まれたらしいよ。よくやるよねー」

そんなことをやる奴が、身近にいるとは。いや、外部犯の可能性もあるか。いずれにせよ盗まれた女子は可哀そうだ。

しかし、メイめ。「あの泣いてる女子」って、まさか同じクラスの女子の名を知らんのか？

……でも、ぶっちゃけ俺も自信がない。確か県の名前だった気がする。それも関東圏の。埼玉さんか、千葉さんだったような気が……

珍しい苗字だなと思った記憶があるから、確か埼玉さんだ。千葉って結構いそうだしな。

「とにかく絶対にグンマーちゃんの体操着を盗んだ奴を見つけるわよ！」

群馬だったようだ。グンマー呼ばわりされているが、多分例のネタを知っているわけでなく、なんとなくで呼んでいるのだろう。

こうして、犯人捜しが始まった。

……嫌な予感がする。こんな時いつも疑われるのは、そう――

「鳥島、君が盗んだんだろ」

俺である。

厄介なことに俺に疑いをかけてきたのは、クラス一の人気者、坂宮だった。

「そうだ、鳥島だ」

「そいつしかいない」

クラスメイトからも同調の声が上がった。

「俺じゃない」

否定しているにもかかわらず、坂宮は完全に俺がやったと決めつけているようで、蔑(さげす)んだ目で見ながら言ってくる。

「君の素行(そこう)が悪いのは皆が知っている。今回も君の仕業だろ？」

「俺じゃない。断じて違う」

もっと話すのが上手ければ、納得させられたかもしれないが、これしか言葉が出てこない。

クラスの連中はみんな疑わしい目でこっちを見ている。すると——

「ゼンジは良い奴だ。素行も悪くない。絶対に違う」

メイが俺を擁護した。俺にしか聞こえないほどの、小さな声で。

メイを責めないでやってほしい。コミュ障のこいつにやれるのはこれが精いっぱいだ。

リア充の男と論争するなんて、ハードルの高いことが出来るような奴ではないのだ。

「自分でないというのなら、その証拠を出せ」

「……どう考えても逆だろ。そっちが俺がやったって証拠を出せよ」

「それもそうだな。荷物を調べさせてもらう」

そう言って坂宮は、勝手に机にかかってる俺のカバンを手に取る。

無断で手荷物の中身を見るというデリカシーに欠けまくった行為なのに、止める者は誰もいない。

俺がやったと全員が信じているのだろう。中にやましいものは入っていないし、見られても困りはしない。だからといって、勝手に見られるのは不愉快だ。

「ないな」

当然ない。あるわけがない。

「分かっただろ。俺じゃない」

教室が静まり返る。犯人が俺ではないと分かったのが、そんなに嫌なのか。

「冷静に考えたら、自分のカバンに入れるなんて、すぐにバレるようなマネはしないか。どこかに隠しておいて、あとで取りに行くつもりなんだろう」

坂宮が勝手に決めつけると、再び俺を罵(ののし)る声があがった。言いがかりも甚(はなは)だしいが、それでもクラスメイト達は、坂宮の言い分を信じているようだ。流石に耐えかねて坂宮に反論する。

「もう一度言うが、証拠はないだろ。見た奴がいるっていうのか？」

「今は確かに証拠はないが、そのうち間違いなく見つかる。今のうちに返して謝罪をすれば、大事にはならないかもしれないぞ？」

坂宮の言葉に、クラスメイト達も同調する。

「そうだそうだ」「早く出して謝れ！」「このクズ野郎！」と言いたい放題である。

俺は思わずため息を吐く。

「……とにかく俺はやってねぇ。そういうことは証拠を出してから言え」

少し睨みをきかせながら告げる。

「あくまでしらを切るつもりなのは分かった。バレた時になんて言うのかが楽しみだ」

坂宮はそれ以上追及しなかった。流石に明確な証拠もないのに、先生に言ったり警察に通報したりはしないらしい。まあ、坂宮の中では完全に俺が犯人だということになっているようだがな。

坂宮は被害に遭ったグンマーさんを慰めに行った。

はぁ……全く、顔が悪いってだけでなんで疑われなきゃならんのか。分かっていたが、世の中は理不尽だ。

「ご、ごめん……」

メイが突然頭を下げてきた。

「ゼンジがいわれなき非難を受けているのに、ボクは何も出来なかった。友達失格だ……」

先ほど小さな声しか出せなかったことを、メイは悔やんでいるみたいだ。

「お前は俺が犯人じゃないって思っているのか？」

「うん。だってゼンジはそんなことする奴じゃないでしょ？」

「ならそれでいいよ。信じてさえくれたら、お前は俺の友達だ」

「……ゼンジ」

メイは少し感動したように目を潤ませて――

「そのセリフなんて漫画のセリフ？　面白そうだからボクも読んでみたいな」

前のめりになって聞いてきた。

「オリジナルだ、アホ」

確かに漫画に出てくるような、クサいセリフだったけどな。

いいこと言ったんだから、そこは感動するだけで終わってくれ。

「とにかく今度こういうことがあったら、絶対ちゃんと大きい声で言うから。絶対だからね」

メイは意気込んだ様子で言った。

メイのその気持ちだけで嬉しかった。実際にできるかは、あまり期待はしない方がいいかもな……


昼休みが終わりに近付き、教室にクラスメイト全員が戻ってきた。

クラスメイト達の中では、俺が体操着を盗んだ、と決めつけているようで、「サイテー」だとか、「退学しろ」「というか死ね」だとか、俺に対する罵詈雑言が飛び交っていた。

腹立たしいことこの上ないが、ここで反論してもどうせ聞く耳なんて持ってもらえない。俺は聞こえないふりをしていた。

そして始業ベルが鳴り、教室に先生が入ってくる――その直前、
『君達に決めた!!』
男の声が教室中に響き渡った。
なんだ、この声？　決めたって何に決めた？　幻聴？
でも周りを見いき渡すと、俺以外の生徒も困惑している様子だ。幻聴ではないらしい。
「あれ、開かない。コラ！　いたずらはやめなさい！」
先生の声が聞こえる。廊下から教室の扉を開けようとしているが、できないみたいだ。
しかし、誰もカギはかけていないし、扉を内側から押さえているわけでもない。
不可思議な現象が続く。
そして、教室の床からまばゆい光が発せられた。
驚いて目をつむる。そして、次に目を開けた時――
俺は一面真っ白な空間に座り込んでいた。

2　神様

なんだ、ここ？　意味分かんねぇ。さっきまで教室で席についてたよな。

俺は立ち上がって辺りを確認する。クラスメイト達も、全員この謎の空間に来ていた。

俺と同じく何が起こったか分からず、戸惑っているようだ。

「な、何これ？」

俺のすぐ隣にはメイがいた。だいぶパニくっている。

「ど、どうなってんの、ゼンジ？」

「俺も分かんねぇよ。さっきまで教室にいたよな？」

「い、いたよね。てか、どこだよここ」

こんな空間、一度も来た覚えはない。みんな混乱しており、場がざわついている。

すると――

「ようこそ、一年C組の皆」

頭上から声が聞こえてきた。

目を向けると、見ず知らずの男がふわふわと舞い降りてきて、そのまま地上に降り立った。

金色の長い髪の男だ。今時の若者の服を着ていて、顔立ちは外国人じみている。

その場にいる全員が、男を注視する。

「初めまして、僕は神様だよ。よろしくね」

男は貴族のようにお辞儀しながら言った。

頭がおかしい奴……と普段なら思うが、今は超異常事態の真っただ中だ。

異様な登場の仕方といい、嘘とも断言できない。

とにかく、いきなりクラスメイト達と一緒に変な場所に飛ばされて、神と名乗る男が現れて……

これってまさか――

「皆には、これから異世界に行ってもらいます」

やっぱり、異世界転移ってやつなのか!?

クラスメイト達がざわつく。

「異世界ってどこだよ」

「お前がここへ連れてきたのか？」

「教室に戻して！」

次々に神と名乗る男に向かって、文句を言いだした。

メイが話しかけてきた。

「な、なぁ。あいつ異世界とか言っちゃってるけど……ガチなのこれ？」

「うーん……でも、今の状況がわけ分からんのは確かだし、夢でもないんなら、ガチとしか……」

「だよねぇ……」

メイは確かめるために自分の頬をつねるというテンプレ行動を取った。

「痛い……夢じゃないっぽい……」

「うーん……じゃあ、ガチなのか？　本当にこれから異世界に行くってのか？　それって……」

興奮した俺とメイの声が重なる。

「チート能力貰って無双できるってことか？」

「異世界で魔王を倒すため、正義の勇者になって異世界を冒険するってこと？」

俺は思わずメイに言う。

「お前古くねぇそれ？」

「古くないやい！　ゼンジこそなんだ、その気持ち悪い欲望丸出しの異世界観は！」

「これが今は流行ってんだよ！　気持ち悪い言うな！」

こんな異常事態なのに、異世界について口論をしていると、

「はーい!!　皆静粛(せいしゅく)にー!!　今から詳しい説明をするよー!!」

メガホンで何倍にも増幅させたような声が響いた。

びっくりした俺達は、クラスメイト達を含めて全員が会話をやめ、神を名乗る男を見る。

「説明はいいから、早く教室に帰してくれ!!」

男子生徒の一人が叫ぶ。

「残念ながらそれは無理。戻せないよ。理由は僕が君達を教室に戻す気が、現時点では一ミリもないからね」

戻そうと思えば戻せるが、その気はないということだな。ふざけた話だ。

反発の声が上がると予想していたが、こうもきっぱり言いきられると何も言えないのか、全員が

黙り込んだ。

「皆さんにはこれから異世界で領主になってもらいます」

「「領主？」」

俺とメイの声が重なる。

領主になれとは予想外だ。

「初めにこれを見てみてね。今から君達の行く異世界だよ」

神がそう言うと、空中に画面が現れた。地図のようだ。

ただ、異世界の地図というより、どう見てもユーラシア大陸の地図で、右端に日本もあった。

「形は君達にはなじみ深いでしょ？　でも魔法があったりこわーい魔物がいたり、ダンジョンがあったり、精霊がいたり、スキルがあったり……形は似ているけど、全く違う場所なんだ」

神を名乗る男はニマニマと笑いながら言う。

「この世界では色々な国や帝国に属する約六十の国があるんだ。そこで色んな人達が領主をやっているよ。君達にはそれぞれ一つずつ領地を与えるから、その領主をやってほしいんだ」

そんないきなり言われても、やれるわけないだろ！

いや、つーかそもそも、元々領主やってた奴の代わりに、俺達が領主やるってことなのか？　そんなことが可能なのか？　まあ神様だってんなら、どうとでも出来るんだろうか……

クラスメイト達も黙って聞いてはおらず、口々に抗議する。

「ごめんね、君達には選択権はないよ。やるしかないんだ。でも安心してほしい。ほとんどの領地には、それなりに詳しい補佐役の人がいるから、その人のアドバイスを聞いてやっていけば、なんとかなると思うよ。ちなみに王様や皇帝は別にいるけど、その人達とどう付き合うかも君達次第だね」

神を名乗る男は、飄々と告げてくる。聞く耳は全くないようだ。黙って従うしかないってのか。

メイが尋ねてきた。

「これ、本当にもう元の世界に帰れないのかな？」

「分からんけど……こいつがこれから全部ドッキリでしたって言って、教室に帰してくれる可能性もゼロじゃないし……だってあいつが何を考えているのかさっぱり分からないからな」

「う、うーん。でも戻れなかったら困る。漆黒の双剣士の続きが見れない！」

「アニメが最優先かよ……」

俺だって戻れなくていいわけじゃない。家族仲は良くはないが、二度と会えないかもとなると、それは寂しい。なんて思っていると――

「さらに皆さんにはスキルを一人につき一つ与えます。全部、凄いスキルなんだ」

チートスキルキタコレ。一気に期待が高まってしまう。まあでも、皆持ってるなら、無双感は下がっちゃうかもしれないな。

「最後に、領主をやってもらう期間について。教えないけど、一応決まっていて、期間内に一番いい領地を作った者の願いをなんでも三つだけ叶えてあげるよ。あ、願いを増やす願いは駄目だからね。領地の良し悪しの判断は、僕の独自の指標を基に決めるよ。領民の数とか、技術力とか、領土の広さとか、それらを総合してポイントにしまーす」

願いを三つ叶えると来たか……某少年漫画の龍神並みじゃないか。

人間ってのは欲の塊なのか、そう言われて目の色を変える奴が出てきた。さっきまで批判していた連中の何人かが、目を輝かせて願いを言い始める。

好きなアイドルと結婚するとか、野球選手になってメジャーで四割打つだとか……

まあ、欲望を垂れ流しにしているのはアホな奴だけで、ほとんどのクラスメイト達は胡散臭すぎて、真面目に受け取っていないようだ……と思ったら、隣でメイが呟く。

「ボクは少年漫画の主人公になりたいなぁ……」

「ここにもアホがいたか……」

「ア、アホってなんだ！　ゼンジは願いとかないの⁉」

「あるにはある。でも、あんなわけのわからん存在に願うなんてアホらしいだろ。てか、仕組まれてるように感じる。俺達がこれから本当に領主をやることになったとして、普通はどうする？」

「えーと……ボクなら自分の領地で平和に生きる」

「だろ？　でも願いが叶うとか言えば、他の領地を蹴落とそうと争いごとを起こす奴が出てくるかもだろ？　たぶんあの神は、そんなところが見たくて、俺達を呼んだんじゃないか？」

あくまで俺の言ったことは推測に過ぎない。でも底意地の悪そうな神の態度を見ていると、なんとなく嫌な予感が消えなかった。

メイは目を丸くする。

「な、なんと！　そんな歪んだ奴だったのかあいつは。ゼンジ！　奴の言葉に惑わされるなよ！罠に違いない！」

「最初は乗り気だったくせに、お前が言うかよ……」

それから、神が何かを配ってきた。紙と灰色の丸い石だ。

「この紙には君達が治めることになる領地の情報が書いてあるよ。ちなみに右上にあるSとかAとかは、領地のランクを表しているんだ。Sが最高で、Gが最低な土地だね。配った紙を交換すれば、治める領地を変えることも出来るよ」

紙の説明を終えると、今度は丸い石について言及する。

「こっちはスキル石だよ。今は灰色だけど、異世界に行くとそれぞれスキルに応じた色に変色して、スキルが使えるようになるんだ。スキル石を交換してもいいけど、今はなんのスキルが使えるか分からないから、全く無意味だね。スキル石がないとスキルは使えないから、絶対に取られたり、なくしたりはしないようにね」

こうして神からの説明が終わり、なし崩し的に異世界領地経営が始まろうとしていた。

俺は配られた領地の紙を見てみた。右上にはSランクと書かれている。

他には面積や領民の数が示されている。他の紙を見ていないのでどれだけ凄い数値なのか判断しづらいが、Sというからには凄いのだろう。ちなみに、地図上のどこにこの領地があるのかは、記されていなかった。

「おお、Sだ」

メイが俺の紙を覗き込んで驚いた。

「メイはどうなんだ?」

「ボクはD。普通なのかな」

メイのと比べてみると、領民の数とかが全然違う。俺のは二十万だが、メイのは五千だ。

これちょっと初期の強さ違いすぎないか!?

強い領地にしたら願いを叶えてやるとか言ってたけど、こんなん最初から強い領地に当たった奴の方が断然有利じゃんか。運ゲーになってねぇか、これ。

そんな風に思っていると、一人の男子生徒が叫び声をあげた。

「おい! ふざけるな!!」

見ると、騒いでいるのはイケメン野郎、坂宮徹だった。鬼の形相(ぎょうそう)で、神を睨みつけている。

あいつがあんな声出すの初めて聞いたし、怒り狂った表情をするのも初めて見た。いつも澄ましていて動揺することなんてない奴だから、非常に新鮮だ。

一体何があったんだ……?

「俺の土地の領民がゼロってどういうことだ！　領民だけじゃなく建造物なんかも当然ゼロだ！　ふざけてるのか⁉」

詰め寄る坂宮に、神はどこ吹く風で言う。

「あちゃー、領民ゼロ引いちゃったか。大ハズレ枠として一つ入れてたんだよねー」

「入れてたんだよねー、じゃないだろ！　お前領主になってくれとか言っていたが、領民ゼロの領主って、存在するかそんなもん！　領民がいてこそ領主っていうんじゃないのか⁉」

もっともな意見だ。ただなんとなく漫才っぽいやり取りに、こんな状況ながら少し笑いが起きる。

それを聞いた坂宮が、こめかみを引きつらせて怒鳴る。

「何笑ってんだ、お前ら！」

クラスのリーダーのヒステリックな叫び声に、再び場が静まり返った。

坂宮は深呼吸をして落ち着きを取り戻したのか、いつもの澄まし顔に戻った。

「お前達、これが現実だってまだ認識できてないだろ。このままじゃ本当にわけわからん世界の領主にされてしまうんだぞ。そうなると、領民ゼロの土地に行かされる俺は野垂れ死ぬかもしれない。他にも危険な土地の領主にされたものは、戦争に巻き込まれて殺されることだってあり得る。現実をしっかり認識すれば、笑っている余裕なんてないと理解出来るはずだ」

クラスメイト達は坂宮の言葉を聞いて、おろおろし始める。

坂宮、意外に良いことを言ってきたな……確かになんとなく気持ちが緩んでいたところがあったかもしれない。

異世界と聞くとどうしても都合のいい想像をしてしまう。俺なんか、若干わくわくしていた。

しかし実際に異世界に行くとなると、そう甘いことばかりではないだろう。マジで死の危険はあると考えていい。Sランクの領主になる俺だって、例外じゃない。

「なーに暗くなってんだろ。スキル貰えるし、たぶんなんとかなるでしょ」

一方……メイはお気楽だった。

「いや、お前さ。コミュ障じゃん。まともに会話できない奴が、領主なんて無理だと思うぞ」

「……は!?」

そこまで頭が回っていなかったのか、メイは青くなる。

冷静に考えればこいつが一番やばそうだな。俺のと交換してやるか？　いやでも、人が多いほうがメイには逆効果かも。難しい話だ。

「ど、どうしよう……領主なんて、無理に決まってるよ」

坂宮の言葉で不安にかられたらしい女子生徒の一人が、おどおどと呟く。他の生徒達も不安そうだ。

坂宮はクラスメイト達を扇動(せんどう)するように言う。

「この神とやらに力ずくでいうことを聞かせて、教室に帰してもらう。人数ならこちらに分(ぶ)がある」

それは、ちょっと頓珍漢じゃないか？　神っていうのはどうやら嘘じゃないっぽいし、それなら俺達が勝てるわけない。

ただその言葉に触発されたのか、何人かが神に殴りかかった。

「無駄だよー」

神は回避も反撃も防御もせず、ただ佇んでいた。男子生徒のこぶしは神の体をすり抜けた。

「僕をやるのは、ム・リ。君達はあと二十分後に異世界に転移します。イケメンの君が言った通り、これが君達に与えられた現実だよ」

「くっ……」

「確かに大きな間違いを犯したり、運が悪ければ死んだりするかもしれないけど、基本的には面白い場所だよ～。領主になれば割と贅沢できるし、ポジティブに考えようよ」

神はあっけらかんと告げてくる。

それから約十五分間――坂宮達はあの手この手で神をどうにかしようとしていたが、通用しない。

俺はというと……もう領主になる覚悟を固めていた。

「くそ、駄目だ……」

坂宮はついに諦めたように吐き捨てた。

「でも徹君、このままだと領民ゼロの土地に……」

「可哀そう」

「わ、わたしのと交換……」

そんな坂宮の周りに、女子が群がる。こ、こんな時でも心配されやがって……

「いや……俺の身代わりにするわけにはいかない」

坂宮はリーダー格のプライドがあるのか、土地の交換には応じようとしなかった。

だが明らかに強がりと分かるくらい、動揺している。

ふいに坂宮がハッとした表情を浮かべ、誰かを探すように周囲を見た。そして、俺と目が合う。

途端に坂宮が俺を指さして、叫ぶ。

「こいつだ！　体操着泥棒！　こいつの領地と取り換えればいい！」

はぁ？　なんで俺が坂宮と領地を交換せねばならんのだ。

ふざけるなと思ったが、クラスメイト達は次々に賛同する。

「それいいわね！」

「そうだ！　あいつは犯罪者みたいなもんだから、罰を与えられるし一石二鳥だろ！」

「いいアイデアだ！　流石に領民ゼロよりはましな土地を持っているだろうし」

……そういえばこいつらの中では、俺は体操着泥棒だったんだな。

だが、こんな無茶なこと呑めるわけがない。誰が行くかよ、領民ゼロの土地なんか。

「おい！　こいつの領地Sランクだぞ！」

俺の紙を覗き見た男子生徒が叫んだ。

「マジか⁉」

「あんな奴にはもったいないわ。絶対取り換えましょう」

「そうよそうよ。坂宮君が領民ゼロの土地で、あの犯罪者がSランクって理不尽すぎでしょ」

「こいつには領民ゼロの土地がお似合いだ」

いやいや、だからふざけんなよ！　なんなんだこいつら……なぜなんの証拠もないのに、俺が悪人だと決めてかかる。

坂宮は勝ち誇ったような笑みを浮かべながら手を差し出してくる。

「そういうことだ。その紙を俺によこせ」

「どういうことだよ。ふざけんじゃねぇ」

俺は怒りを込めて言う。

いつも悪人扱いされてはいたが、直接危害を加えられたことはない。しかし、今回は違う。流石に黙っているわけにはいかない。

「時間がないよ坂宮君！　強制的に取り上げたほうがいいでしょ！」

「ああ、手伝うぜ！」

クラスメイト達が、俺を囲むようにして集まってきた。

おいおい、マジか。逃げ場がない。抵抗しても、これじゃどうしようもない。

「さあ渡せ」

「ぐっ……あのなぁ、前も言ったが俺は体操着なんて盗んでねぇ！　無実だ！」

俺は必死に叫ぶが、周りを囲んでいる奴らは誰一人聞く耳を持たない。

「嘘をつけ！　お前がやったんだ！」

「そうだ、お前万引きして捕まったんだってな！」

「中学じゃいじめの主犯だったって話も聞いたぞ」

「人間は顔じゃないっていうが、お前は性根が腐っているところが、顔に出てるんだよ！」

万引きもいじめも全部デタラメだ。どっかの誰かが適当に話したのが噂になったのだろう。

しかし、ここで反論しても無意味だ。こいつらの中で俺は悪党だと決めつけられているのだ。

この理不尽すぎる仕打ちだって、正義のため、友達のためにやっていることだと、本人達は思っているに違いない。

諦めて、差し出すしかないのか……？　そう思っていると、声が響いた。

「全部デタラメだ！　ゼンジはそんなことしない!!」

叫んだのはメイだった。涙目になり、震えながら声を振り絞っている。

「お前ら、よく思い出してみろよ！　ゼンジがお前らに何かしたのか!?　何か悪いことをしているところを直接見たのか!?　見てないだろ馬鹿野郎！　ゼンジは良い奴なんだよ!!　そんなゼンジがこんな目に遭うなんて、そんな理不尽なこと許されないんだよ馬鹿野郎ぉぉ!!」

メイの叫び声に、クラスメイト達は少し気圧されている様子だ。普段喋らないメイがいきなり大声を出したので、驚いたのだろう。

そんなメイを見て、坂宮が同情したような顔で言う。

「君、いつもこいつと一緒にいるけど……脅されてるんだろ？」

クラスメイト達も坂宮と同じように口にする。

「そうか、だから必死でこんな奴かばおうとしているのか」

「恥ずかしい秘密でも握られているのかしら……可哀そう……」

見当違いな心配をされて、メイは呆気に取られた表情をしている。

「我々は異世界で別々の領地に行くし、こいつは領民ゼロの土地ですぐ野垂れ死ぬさ。怯える必要は何もない。安心するんだ」

坂宮が笑みを浮かべ、メイの肩に手をかけた。

その態度が癪に障ったのか、メイの顔が怒りで赤くなっていく。

「領民ゼロの土地に行くのはお前だぁ!!」

そう叫びながら、坂宮の腹に蹴りを入れた。坂宮がよろめき、他の女子生徒が悲鳴をあげる。

「な、何するの！」

「ま、待て、彼女は悪くない……俺としたことが配慮にかけていた。男に触られるのがあいつのせいで怖いんだろう。可哀そうに」

「ちがぁぁう!!」

「とにかく女子は彼女を取り押さえておいてくれ!!」

坂宮に言われて、クラスの女子達がメイを取り押さえる。

メイは相当怒っていたが、俺も怒りでどうにかなりそうだった。

俺とメイは友達だ。親友といってもいいと思う。それを俺が脅しているだとか、知りもしないくせに好き勝手言いやがって。メイが抗議していなければ、俺が暴れていただろう。

「異世界に出発まであと三分だよー」

そんなことをしているうちに、神が告げてきた。

「ま、まずい！　早くしないと！」

「皆、体操着泥棒を取り押さえて、力ずくで紙を取れ！」

坂宮の命令で、クラスの体育会系の連中が俺から紙を奪おうと近付いてくる。

俺はなんとか取られまいと紙を抱え込み、うずくまった。

しかしその抵抗も意味はなかった。力ずくでひっくり返され、強制的に手を開かされて、紙を奪われてしまった。

俺のSランクの領地を手にした坂宮が、自分の持っていた紙を俺の目の前に落とす。

「これは君にふさわしい」

見ると、確かに領民ゼロと書いてあった。ランクは当然のごとく、最低のG。

「……ちくしょう」

あまりに理不尽な出来事に、俺は立ち上がることが出来ないまま呻いた。

「何を悔しそうにしている。これは当然のことだろうが。君みたいなクズが領民ゼロの土地に行って、俺のようなクラスをまとめ上げる存在が、Sランク領地に行く。これ以上ないくらい正当な出来事だ。悔いるなら今まで悪事を働いてきた、君の人生そのものを悔いるんだな」

呆然と成り行きを見守っていたメイも、ようやく解放された。

「く、くそ……なんなんだよあいつら、なんでゼンジのことを悪人だって決めてかかるんだ。そして、ボクがゼンジに脅されてるって……なんなんだよ。あいつらが何を知っているっていうんだよ……ゼンジ、取り返しに行こう」

メイも心から悔しそうに言う。

「あの人数相手に取り返すのは、無理だ……」

「そんなの、やってみないと――」

「残り三十秒だよー」

神が言った。

メイは焦った様子で、いきなり口にする。

「そ、そうだ。ボクのと交換すればいいんだ！」

「は？」

「だ、だってほら、ボクってコミュ障だし、領民ゼロならちょうどいいっていうか……」

「メイ……その気持ちだけで十分だ」

「でも……」

ここでメイに領民ゼロの土地を押し付けるわけにはいかない。友達だからな。

「残り十、九、八」

神がカウントダウンを始めた。

奴の言っていることが本当であるならば、俺はもうすぐ領民ゼロの土地へ——どんなところかは行ってみないと分からないが、下手をすれば死地へ行かされる。

「ゼンジ！　絶対探し出すからね！　君を一人になんかさせないから!!　絶対だからね!!」

「——ゼロ」

メイの声に、神の声が重なる。その瞬間、俺の視界は真っ暗になった。そして、視界が戻った時——俺は一面緑の草原に佇んでいた。

3　草原の真ん中で

周りには何もない。人っこ一人おらず、建物一つない。見上げると、空に見知らぬ紫色の鳥が飛んでいた。少し先のほうでは、翼の生えたウサギがもぐもぐと草を食べている。

――本当だった。

俺は神の言ったとおり、領民ゼロの未開拓の土地に飛ばされてしまったんだ。

覚悟はしていたが――実際にこの光景を見て、絶望が襲ってきた。サバイバル経験ゼロ、日本の首都圏からほとんど出たことのない俺が、今からたった一人、この異世界で生きていかなければならない。

「俺が何をしたってんだよ……」

膝をついて、呆然と空を眺めながら呟く。そのうちに、さっきの出来事がよみがえってきた。

「……ふざけんなよあいつら」

思い出すだけで、怒りが高まってくる。あのクラスメイト達のせいでこうなったんだ……特に坂宮の奴が許せん。あいつが皆を扇動した。

俺は空に向かって叫ぶ。

「ふざけんなよ!! 俺が何をしたってんだよ!!」

そして、呟いた。

「――見返してやる」

頭に浮かぶのは、俺を理不尽に責め立て、悪人と決めつけて、ゴミを見るような目を向けてきたクラスメイト達の表情だ。

「絶対に生き延びて見返してやるからな!! 覚悟しやがれ!!」

俺はこの異世界に散っているであろうクラスメイト達に向かって、声の限りに叫んだ。

「しかし、そうは言っても……」

俺は周りを確認する。見事に何もない——ただの草原が広がっている。ここで生き残るって、可能か？

植物が育っている場所なので、なんだかんだ食い物は見つかるかもな……かといって、ここは異世界だ。不用意に物を食べれば、毒でお陀仏（だぶつ）という可能性も……って、ん？

ふと、足元に何かあることに気付く。見ると、大きめのリュックサックが落ちていた。

もしかして、支援物資か⁉

これは灯台下暗（もとくら）しだな。うきうきした気持ちでリュックサックを開けてみる。が、一瞬でテンションが下がった。携帯食料とか役立つものを想像していたのに、中に入っていたのは一冊のノートだけだった。

期待させやがって……！　苛立（いらだ）ちながらも、一応手に取ってみる。五十ページくらいの厚さで、表紙には『生産スキルのレシピ』と書かれてる。

——生産『スキル』？

そういえば神の奴が、全員に一個ずつスキルをくれると言ってたな。そのためにスキル石とやらを貰ったんだった。ズボンのポケットにしまっていたスキル石を取り出してみる。

「おっ⁉」

貰った時はその辺の石ころのように灰色だったスキル石が、綺麗な緑色に変わっていた。神の言っていた通り、スキルによって色が変わるみたいだな。

それで、このスキル石のおかげで、生産スキルってのが使えるようになったってことか……？

生産スキル、ねぇ……？　生産っていうからには、物を作ったりするスキルだろうか。

何もない草原に放り出された今、必要な能力には違いないが、ここは異世界だ。危険な生物がうようよいてもおかしくない。どう考えても戦闘には使えそうにないこのスキルでは、あっさり死んでしまうかもしれない。

どうせなら戦闘系のスキルの方が良かったなぁ……腕っぷしに自信はない。もっとも多少喧嘩が強かったとしても、異世界の生物に勝てるとは思えないけどな。

「はぁー……」

思わずため息を吐くが、この生産スキルでなんとかするしかない。

えーと……いや、つーかどうやって使えばいいんだろう。まさか、誰かに教えてもらわないと使えない系？　なら、早速詰んだのか⁉

このノートにはレシピって書いてあるけど……使い方なんて書いてあるんだろうか。不安に駆られながらも開いてみた。

一ページ目には『生産スキルとは⁉』とポップな字体で見出しが書かれている。

読んでみた内容を要約すると――

・『生産スキル』とは、『生産スキルのレシピ』に載っているものを作り出すスキルである。
・普通に作ればどんなに時間がかかるものでも、材料さえあればすぐに生産出来る。
・レシピには生産出来るものと、必要な材料が書いてある。
・材料が揃うとレシピのページに書かれた『作る』の文字が光る。それを触れば生産される。
・生産を続ければ経験値がたまり、スキルレベルが上がる。
・スキルレベルが上昇すれば、生産出来るものの種類が増える。
・生産難度が高いものを作れば、貰える経験値が増える。
・スキルレベルの確認は、このノートの裏表紙でできる。
・生産難易度は素材獲得難易度と同じである。

良かった……大体分かったぞ。速攻で詰むのは回避できそうだ。

それに、レシピに書かれたものを即座に作れるというのは便利な能力だ。でも素材は必要らしいし、集めるのは一筋縄ではいかないかもしれない。命懸けになる可能性だってある。

人里に行ければ、素材が取引されているかもしれないが……地理も分からないのに、物資もないまま移動するのは危険すぎる気がする。まずはここに拠点を作って、食料とか基本的なものを確保してから行動しよう。

俺は現時点の生産スキルで作れる物を調べてみた。レシピに目を通すと、武器や建造物など、いかにも異世界で役立ちそうなものから、マタタビスプレーとかいう、どう使えばいいのか分からないものまで載っていた。ちなみに生産物の説明は最低限しか書いておらず、マタタビスプレーの説明は『猫が好む』だけだった。

レシピには材料として必要な素材の絵が描いてある。絵といっても写真とほとんど変わらないから、よく分からない材料でも、これを見ながら探せば見つけやすくなるな。

一通りレシピに目を通し、作りたいものを決めた。

まずは、小屋だ。住める場所はやはり必須だろう。ただ木材が結構たくさん必要そうなので、難度が高いかもしれない。

次に木の剣と盾だ。最低限の武器と防具は持っておきたい。少量の木で作れるので、これは割と簡単そうだ。

そして、生命力ポーションと栄養ポーション。生命力ポーションは傷を治し、栄養ポーションは飢えを癒す効果があるらしい。異世界サバイバルのために、これもぜひとも欲しい。

材料となるのは、それぞれ命の草という赤い草と、栄養草という黄色い草のようだ。ただ、周囲にそれらしい草はどこにも生えていない。

とりあえずの目標はこの五種類だが、一番気になったものは別にある。『低級ホムンクルス』というやつだ。説明には『生産者の言うことを聞く、人造生命体』と書いてある。つまりホムンクルスを作れば、労働力をゲットできる可能性がある。

材料は小さな魔石と、肉十キロと書いてあった。

小さな魔石とやらはよく分からんが、肉十キロなら小動物を数体狩れば用意できるかもしれない。でも今のところ狩れるか分からんし、狩れたとしても、とりあえずは自分で食べたいよな……余裕が出来たら作ってみよう。

よし、と俺はノートを閉じた。じゃあ早速、素材集めをしようじゃないか。

絶対に生き残ってやるんだ――なかなか厳しい状況であるが、絶対ネガティブにはならないと心に決めた。

俺はリュックサックを背負うと、『生産スキルのレシピ』ノートを片手に草原を歩き出した。基本見渡す限り草しかないが、ところどころ、低木の茂みや木が生えている地帯もあった。木の枝が落ちていたので、拾い集めてリュックサックに収納する。

たぶんだけど、これで素材である『木材』を集めたことになるんじゃないか？

普通ならただ木の枝を集めただけで、剣や盾を作ることなんてできないが――俺の貰った生産スキルなら可能なんだろう。俺はそう信じて黙々と集め続ける。

そのうちに、ノートが一瞬だけピカッと光った。開いてみると、木の剣のページにある『作る』という文字が淡い光を放っている。

これに触ると、生産されるんだったよな……？

俺は疑い半分――あと、異世界らしさに対する期待半分で、『作る』の文字に触れる。

すると、リュックサックが軽くなった。同時に、目の前に何かがポンッと現れて、地面に落ちた。

そこにあったのは、レシピ通りの木の剣だった。拾い上げて確かめてみると、まるで木材から削り出されたようなしっかりとした造りをしている。

これが、生産スキル――！

俺はちょっと感動して、生み出された木の剣でついつい素振りしてしまった。

木の剣があったからといって、剣技を使えない俺がそこまで強くなるわけではないが、素手で戦うよりはマシだ。ただ、今のところ敵は見当たらないので、木の剣はとりあえずリュックサックにしまった。

そのあとも草原を歩き回っていると、赤い実がなっている低木を発見した。大きさはイチゴと同じくらいで、食べられるかは分からないが摘んでみた。念入りに匂いを嗅ぐと、美味しそうないい匂いだ。皮を剥いて少しだけ口に入れてみたところ、リンゴに近い味がした。これなら食べられると判断して一個丸ごと食べる。

うん、美味しい。

さっきから少し腹が減ってきていたので、これはいい発見だ。十個ほどなっていた実を全部食べた……いくつか取っておいた方が良かったかな。次見つけたら気を付けよう。

しばらくすると、草原の先に森らしきものが見えてきた。

――森か。草原よりもはるかに危険なイメージだ。視界が狭いので危険を察知しにくいし、襲ってくる生物も多く棲んでいそうだし……しかし、素材の木を収集するには最適の場所だろう。なるべく今日のうちに、小屋を作っておきたい。そうしないと今日は野晒しで寝る羽目になってしまう。今の気候は若干肌寒さを感じる。夜はもっと冷え込むだろう。小屋がないと風邪をひくかもしれん。まだまだ物資の足りないこの状況で体を弱らせたら、死につながりかねない。

小屋を作るために必要な木材の量は二百キロと書かれていた。

木材二百キロというのがどんな量か想像出来ないが、たぶん生産できるのは物置小屋くらいの大きさかな。足を伸ばして寝ることは難しいかもしれない。それでもないよりはましだ。

そしてこの量の木材を集めるとなると……今までのペースを考えたら、森に行かないと難しいだろう。森なら枝だけでなく、もっと太い木の幹なども採取できるだろうし、二百キロくらいなら頑張れば集められるかもしれない。

それに木材以外にも、森でしか取れない素材もあるかもな。現時点で生命力ポーションの素材である命の草や、栄養ポーションの材料である栄養草を発見することは出来ていない。

「よし……行くか」

俺は危険を覚悟で、森に入ることを決めた。

とはいうものの……木々の中に足を踏み入れると、鬱蒼とした森は薄暗く、正直いって怖い。木の剣をリュックサックから引き抜き、両手で構えながら歩く。あまり奥には行かず、すぐ出られる範囲だけ探索すると決めて歩く。

すると早速、地面に太めの枝が落ちているのを発見した。リュックサックに収められる大きさだったので、拾って収納する。結構な重さだが、運べないことはない。同じようにして、いくつか枝を拾ったら森を出て、リュックサックから出して草原に積んでおく。

一度で何キロ集められたかは分からない。多分、五キロくらいか？　まだまだ先は長そうだ。

こんな感じで森をうろついていると、緑色の実を見つけた。食べられるだろうか……いや、その前に、なんか見覚えがあるな。確かついさっき……そうだ、レシピノートで見たんだった。

えーと、この実が素材になるものはなんだったっけ……俺はノートを取り出して、確認してみる。

マタタビスプレーだ。

マタタビスプレーのレシピに、緑の実と全く同じ絵が載っていた。ってことは、たぶんマタタビの実なんだろう。しかしマタタビスプレーって、何に役立つのか全く分からないな……でも生産すればするほど、スキルレベルが上がるんだったな。

スプレーは、マタタビの実を五つ集めれば作れるらしい。いっぱいなっているので、たくさん作れそうだ。何個か作ってみるか。

十個マタタビの実を採ってレシピを見ると、『作る』の文字が光っていた。文字を押すとスプレー缶が空中にポンッと出てきて、目の前に落ちる。

そういえば容器の材料っぽいものは集めてないが、それでも生産できるんだな……どういう理屈か分からんが、出てくるならそれでいいか。

スプレーの造りは、日本で使っていたものと変わらない。噴射ボタンを押してみると、プシュッと霧が噴き出た。

説明では、確か猫が好むんだっけな。俺は匂いを感じなかったが、猫には嗅げるのだろう。

もう一つ作ったところで、レシピノートが緑色の光を発した。材料が揃った時とは違う光り方だ。どうしたのかと調べてみたら、裏表紙の数字が2になっていた。

そういえば、スキルレベルは裏表紙で確かめられるんだったな。おそらく、今のでレベルが上がったのだろう。まだ三つしか生産していないのに、あっさり上がったな……まあ、最初だからかな。

レベルが上がったということで、生産出来るものが増えたのだろうか？

レシピノートを確認してみる。たぶんだけど、生産可能なものが増えたなら、レシピノートに新しいページが追加されるはずだ。

期待を込めて全てのページを見てみたが、別に増えていなかった。ちょっとがっかりだ……一定のレベルになったら一気に増えるって感じなのだろうか。

俺はため息を吐きながら、両手に持ったマタタビスプレーを眺める……使い道が思い浮かばない。

リュックサックに入りはするのだが、使わないものを持ち運びたくないし、捨てるか？

うーん……でも、もしかしたら何かに使えるかもだしな……ここは、一個だけ持っておくか。

リュックサックにスプレーを一個だけしまい、もう一個は地面に捨てて、木材集めを再開する。

頑張って木材を集めていると、黄色の草が目に留まった。これは……⁉

俺は急いでノートを取り出して、栄養ポーションのページを開く。必要な素材を見ると、目の前にある草と全く同じ絵が載っていた。よし！　やっぱりこれが、栄養草みたいだ。

必要な素材の量は、一個作るのに十本。見た感じ三十本ほど生えているから、これで栄養ポーションが三個生産できる。飢えを癒すと書いてあったから、今夜は空腹に悩まされずに済みそうだ。

俺は急いで栄養草を採集し、『作る』の文字を押した。

先ほどのスプレー同様、容れ物はそれらしき素材がなくても勝手に用意されていた。厚めのビンに黄色い液体が入っている。一個の量は栄養ドリンク程度に見える。これで本当に腹が膨れるのだろうか……正直ちょっと心配だが、ノートに書いてあった説明を信じよう。

念願の栄養ポーションを生産し、引き続き木材集めに勤しむ。だいぶ集まったと思うんだが、まだ足りないみたいだ。うーん、斧でもあればもっと楽に集められそうなもんだけど、残念ながら斧はまだレシピに載っていない。

ふと気付くと日が傾き始めていて、もうすぐ夜になる。流石に夜まで森にいる勇気はない。小屋で寝るためには、日があるうちに、集めきらないと！

俺は急いで採集を再開する。近くにある枝は集め尽くしたので、奥の方まで行くことにした。

少し進むとだいぶ落ちていたので、慌てて拾い集める。夢中になっていると、ガサッと音がした。

俺はびくっと身を竦め、咄嗟にかがみながら音のした方に目を向ける——何かいる。

小柄で角の生えた、毛むくじゃらの生き物だ。二本足で歩き、石斧と丸い木の盾を装備している。

それが三体、たむろしていた。

なんだ、あれは。毛が生えていること以外は、ゴブリンという魔物のイメージにぴったりだ。とりあえず、ゴブリンと呼ぶことにしよう……って、のんきに呼び方なんか考えている場合じゃない。

幸い奴らはまだこっちに気付いていない。敵が三体で、武器を持っている以上、俺が勝つのは無理だろう。気付かれないように逃げよう……

身をかがめたまま、ゆっくりとゴブリン達から距離を取っていく。

——バキッ！

「あっ」

初歩的すぎるミス——木の枝を踏むという失態を犯してしまった。その音が静寂の森に響き渡り、ゴブリン達が一斉にこちらを向く。

バレました。完全に目が合っております。

あいつらが人間を見ても襲ってこない、善良な存在であるという可能性は……

「グギャア!!」

なかった。

雄叫びをあげながら、三体同時にこちらに走ってくる。

「うわっ！」

俺は情けない声を出しながら逃げる。手に持っていた木の剣は、ダッシュしているうちに落としてしまった。

捕まったら食われる！　その恐怖で一心不乱に森を走る。しばらく走り続けると、ゴブリンどものわめき声が後ろから消えていた。どうやら諦めてくれたようだ。

「はぁ……はぁ……」

長距離を全力で走って息が切れた。調子に乗って奥まで入りすぎたのが悪かったな……今度からは森の手前で素材を集めよう。

反省しながら、俺は森を出た。木の剣は投げ捨ててしまったが、木材は背負ったままだ。これも捨てれば楽に逃げ切れたかもしれないが、それじゃせっかく奥まで探索に行った意味がないからな。

草原に戻ると、日が沈む寸前で、辺り一面が茜(あかね)色に染まっている。さっき集めた量で足りなければ、今夜は野宿確定だ……なんとか足りているよう祈りながら、最後に集めた木材をリュックサックから取り出し、積み上げる。

すると、ノートが光を放った。

「お！」

急いでページをめくると、小屋レシピの『作る』の文字が、光り輝いていた。

ほっ……よかった……

早速、文字に触れて生産する。木で出来た小屋が目の前に出現した。自分より大きなものも一瞬で作れてしまうなんて、いかにも異世界もののスキルって感じで、ちょっと感動だ。ドキドキしながら扉を開けて中に入ってみると……まあ、分かっていたことだが、狭い。

足を伸ばすことは出来るが、寝返りをうつには窮屈というくらいの広さだ。リュックサックを枕にして寝転がってみる。床は木だし、当然硬い。これでは眠れん。周囲に生えている草をむしってきて、敷き詰めたらいくらかマシになった。刈ったばかりの草の匂いで寝苦しくはあるけれど、野晒しに比べたら贅沢は言っていられない。

寝床を確保して安心したら、腹が減ってきたな……

俺は体を起こし、栄養ポーションを試してみることにする。瓶のふたを開けて飲むと――に、にがっ!!

物凄く苦くて、思わず吐き出しそうになった。俺は苦いものが嫌いだ。でも、この状況で好き嫌いは言ってられない。普段なら無理だが、我慢して飲みきる。

すると、味はまずかったが、確かに空腹感がなくなっている。空腹以外にも、さっきから感じていた喉の渇きも消えている。水の代わりにもなるみたいだな。

一応の食事を済ませたところで、俺は横になる。

はぁ～……しんどいな……

まだ一日目だが、心が折れそうだ。木材集めは疲れるし、魔物の危険はあるし、食べ物はまずい。

風呂も入れないし、寝床は硬い。いつまでこんな生活を送らなきゃいけないいんだろう。そう考えると、憂鬱で仕方がない。

恵まれていないと思っていた日本での生活も、今思えば天国だったんだな……

元の世界に思いを馳せていると、クラスメイト達の顔が浮かんできた。

……俺がこんな目に遭っているのも、元はといえばあいつらが原因だ。本来ならば俺はSランクの領地で、ちゃんとした生活を送れるはずだったのに。

そうだ、あいつらを見返すと決めたんじゃないか。こんなところで心を折るわけにはいかない。

俺は再び気持ちを奮い立たせた。

4　遭遇

翌日――寝床にしている草の匂いを嗅ぎながら目を覚ました。起きたら全部夢で、自宅のフカフカベッドで寝ていた……なんてことはなく、狭苦しい小屋で草を布団代わりにしている。

昨日さんざん素材を探して歩き回ったせいで、体中筋肉痛だ。こんなことになるんなら、もっと運動していればよかったな……

大きく伸びをする。腹が減ってきたので、昨日の栄養ポーションを飲んだ。相変わらずまずい、まずすぎる。もっとうまいもん食べてーな……

生産スキルで料理も作れるようだが、素材として材料と、砂糖や塩のような調味料が必要だ。調味料は現在のレシピでは生産出来ない。スキルレベルを上げていけば、そのうち作れるようになるんだろうか……

あのリンゴみたいな赤い実は珍しいものだったみたいで、最初に見たあとは、一度も目にしていない。まあ、今は美味しさを追い求めている場合じゃないか。とにかく今日やることを決めよう。小屋も出来たし、今必要なものはやはり食料だ。食べなければ人は生きていけない。

生産した栄養ポーションは三個。二個飲んだので、残りはあと一個。まずいけどこれさえあれば餓死することはないので、もっと大量に生産しておきたい。食料がストックできていれば、精神的な安心感も違うだろう。

それから、スキルレベルも積極的に上げていきたい。1から2になった時はレシピが増えなかったけれど、『レベルが上がると生産出来るものが増える』と確かに説明に書いてある。5とか10とか、きりのいいレベルになった時に増えるんじゃないだろうか。

詳しいことはノートにも記されていないので、上げてみるまで分からない。そしてスキルレベルを上げるには、スキルを使って物を生産しまくる必要がある。

昨日落としたし、木の剣を作ってみるか……いや、剣より盾を作ろう。正直剣はあっても使いこなせる自信がない。昨日だって捨てて逃げてきたし、なんの役にも立たない気がする。盾ならまだ役立てられる場面がありそうだ。

　他にも、気になっていた低級ホムンクルスを作るため、魔石とやらを探索したい。でも、まずは食料確保が最優先だ。

　探索場所は森に決めた。ゴブリンに襲われたので恐怖心がないといったら嘘になるが、素材は森の中の方がたくさん落ちている。特に栄養草は森の中で採取したものだ。草原には生えていないのかもしれない。

　栄養ポーションが当面の食料となる以上、大量に栄養草を集めるためには、森に行かないとな。

　俺は森に踏み入ると、落ちていた木材を素材に、まずは盾を生産した。出てきたのは、木で出来た丸い盾だ。

　攻撃手段がないので、敵と出くわしたら逃げるしかない。それでも盾があれば、防御出来るのでより安全性が高まるはずだ。

　木材はそこら中に落ちている。片っ端から拾い集めて剣や盾を作成し、スキルレベルを上げようとも考えたが、やっぱりやめておいた。レベル上げに時間を使いすぎると、日が暮れたうえに栄養ポーションもないなんて事態になりかねん。

　俺はなるべく森の奥へ入り込みすぎないように気を付けながら、探索を続ける。すると、赤い草を発見した。

　あれは……！

すかさずレシピノートを確認すると——間違いない、生命力ポーションの生産に必要な『命の草』だ。よく見たら、命の草の隣に栄養草も生えている。それぞれ四十本くらいだろうか。

ラッキー！　早速採取するぞ！

生命力ポーションも栄養ポーションと同じで、一個作るのに必要な草の数は十本だ。四個ずつ作れる計算になる。俺は急いで命の草と栄養草を地面から引っこ抜いていく。

まずは生命力ポーションを生産してみると、栄養ポーションと同じく瓶に入っていた。中身の液体は赤色をしている。

続けて栄養ポーションを四つ生産する。最初の一個目を作ったところで、スキルレベルが上昇して、3になった。レシピノートを確認するが、まだ生産可能なレシピは増えないようだ。

ポーションをリュックサックにしまい、探索を続ける。生命力ポーションは四つあれば結構頼もしいけど、栄養ポーションは手持ちではまだ心もとない。もっともっと集めておきたい。

途中でゴブリンに出くわしもしたが、今回は音を立てるようなへまはしなかったから、バレずに済んだ。

しばらく探索を続けるも、栄養草はなかなか見つからない。だが、あのリンゴの味のする実がなっている低木を発見した。まずい栄養ポーションしか飲んでいない俺にとっては、かなりのごちそうだ。

とりあえず二つ食った……めっちゃうまい。最初に食った時よりうまく感じた。主食が栄養ポーションになっているからだろうか。三つ目……はやめておいた。貴重なうまい実だ。

赤い実は十五個採取出来た。赤い実というのもなんだし、名前を付けてみる。リンゴの味のする小さな実だし、『小リンゴ』でいいか。

ほかに小リンゴの実がないか探していると――

「グルルルル……」

心臓がビクッと高鳴った。獣の、唸り声……？

声が聞こえたほうに視線を向けると、茂みの中に凶悪な顔のネコ科の猛獣がいた。顔は虎そのものだが、大きさと色が違う。元の世界の虎に比べて、いくらか小さいような気がする。さらには色だ。特徴的な虎の縞模様は全く同じだが、黄色い部分が白で、黒い部分が赤だ。

思わずまじまじ見つめてしまったが……こっちに気付いている。睨み付けられて、恐怖しか感じない。

に、逃げるか？

いや……こういう動物は、背を向けたら追いかけてくるって、よく言うよな。ゴブリンからは逃げきれたが、虎にスピードで勝てる気はしない。背中から飛びかかられて、食われる未来が見える。

けど……なら、どうする？　このままずっと睨み合っているしかないのか？

俺は役に立つかはともかく、木の盾を構えて虎と相対する。こいつが空腹でないなら、多分いなくなるはずだ、多分……

虎が満腹であることを祈りながら、睨み続ける。心臓はどくどくと暴れ、一筋の汗が頬を伝い、地面に落ちる。

「グルルル……」

!?

後ろからも同じ唸り声が聞こえた。振り返ると、二匹目の虎がいた。こっちは白と青の縞模様だ……ってそんなことはどうでもいい。こいつ仲間がいたのか!?

虎って群れないイメージがあったが、異世界の虎は違うんだろうか。

俺は近くにあった木に背中を預け、とにかく背後を取られないようにする、すると二体の虎がぐるぐると俺の周囲を回り始めた。クソ、全力で俺を狩ろうとしてるじゃねーか。どうする、どうする？

考えていると――

「ガアアアアア!!」

片方の虎が飛びかかってきた。俺は咄嗟に盾を前に出す。偶然、その盾が虎の顔面に直撃し、怯んだ虎が後ろに下がる。

あ、あぶねー……今ので諦めてくれねーかな？

そう願ったのも束の間、虎達は再び、俺の周囲をぐるぐると回り始めた。狩りをやめる気はないようだ。

どうすりゃいいんだ。防げたのは完全にまぐれで、二度目はないだろう。

それに、さっきのは虎が連携に失敗して、一匹で飛びかかってしまったのかもしれない。本来なら二匹同時に飛びかかってくるつもりだったのだとしたら……死は免れないだろう。

クソ……ここでこいつらに食われて死んでしまうのか、俺は。そんなの嫌だ！　何か、何か方法はないか。こいつらがただの猫だったら、こんなにビビらなくていいんだが、虎だからな……

——猫？

猫といえば——マタタビ。そう、そういえば俺は、マタタビスプレーを生産していた。マタタビは猫を酔わせる効果がある。虎もネコ科の動物だ。同じように酔ったりしないだろうか。

……確証はない。酔ったら俺を攻撃してこないという保証もない。だが少なくとも何もしないよりかはマシだ。

ただ問題は、取り出せるかどうか……リュックサックの中だから、間に合わずに襲われるかもしれない。危険であるが……やるしかない。

俺はまず、リュックサックを背中から地面に下ろす。盾を構えながら片手でリュックサックを開き、手探りでマタタビスプレーを探す。ポーションの瓶も入っているので、すぐには見つからない。少しもたついていたら、今度は虎二匹が同時に飛びかかってきた。もうだめかと思った瞬間——

あった!!

すんでのところでマタタビスプレーが手に触れる。取り出して、虎達に噴きかけた。

「グルルルル……」

マタタビスプレーを噴きかけた瞬間、虎達は喉を鳴らし、ぴたりと動きを止める。さらに、お座りのような体勢を取った。

な、なんだ？

予想外の行動に呆気にとられる。ネコ科の動物はマタタビを嗅ぐと酔うという話だったが、そんな様子でもない。ともかく、逃げるには今がチャンスなのは間違いない。俺はリュックサックを背負って、その場から背を向ける。すると、二匹が俺を追いかけてきた。

「うわ！」

あっという間に追い付かれてしまった。やばい、食われる！　俺は咄嗟に盾でガードするが——

「グルルルル」

虎二匹は俺を見たまま、再びお座りをする。

え？　どゆこと？　襲う気はないらしいのに、なんで追ってくるんだこいつら。まさか……俺に懐いたとでもいうのか？

この世界のマタタビには、人に懐かせる効果があるのか？　虎達があまりに大人しくしているので、おそるおそる頭を撫でてみる。

「ガルル……」

虎は大人しく俺に撫でられている。表情を見る限り、気持ちいいみたいだ。もう一匹も撫でてほしいのか、俺にすり寄ってきて頭をこすりつける。リクエスト通り、そっちも撫でてやった。

こ、これは間違いない。まじで俺に懐いている。さっきまで俺を狩ろうとしていたのに、こんな状態になるなんて……マタタビスプレーには、本当に虎達を懐かせる効果があったようだ。何かに使えるかもしれないと思って、持っていて助かった。

さっきまで死ぬほど怖かった虎も、懐かれると可愛く見えるもんだ。愛着が湧いてきたので、名前を付けることにした。この二匹は、毛色と尻尾の長さがそれぞれ違う。赤くて尻尾の長いほうを『チョウ』、青くて尻尾の短いほうを『タン』と呼ぶことにした。

「お前はチョウで、お前はタンだ」

「「ガウ！」」

二匹がどことなく嬉しそうに鳴く。

……もっと考えて付けてやった方がよかったのか？　勢いでネーミングしたのはいいけれど、一体この二匹、どう扱ったものだろう。今の俺は自分の食料を確保するので精一杯だ。こいつらの世話をしてやれる余裕がない。

しかし、もうかなり懐かれているようだしなぁ……足が速いので、置いていくことも出来ない。かといって邪険にして嫌われたら、俺が殺されちゃったりして。

うーん……まあ、こいつら虎だし、自分で狩りくらい出来るんじゃなかろうか。今は狩りが出来るような装備もないからスルーしていたけれど、森では結構小動物を見かけるしな。

そう思った俺はチョウとタンの二匹を連れて、森の探索を続ける。

しばらく歩いていると、イノシシのような動物を見かけた。どうやら群からはぐれたようだ。まだ成長途中みたいで、サイズは大きくない。とはいっても、俺一人で倒して、餌として提供してやることは不可能だ。

チョウとタンはイノシシをじっと見つめているが、狩ろうとはしない。

俺を襲ったってことは、腹は減ってるはずなんだが……どうしたんだろう。俺は試しに、二匹に声をかけてみる。

「あのイノシシ、狩れるか？」

すると、途端に二匹が物凄い速度で駆け出し、イノシシに飛びかかった。

二匹で連携をしながら反撃を押さえ込み、足を攻撃して動きを封じる。さらに首元に噛みついて絶命させた。しかし、仕留めた獲物を食べることもなく、俺の元へと持ってくる。

「くれるのか？」

「「ガウ」」

チョウとタンは頷くような仕草をする。

まさかとは思うが……こいつら、俺の言葉を理解しているのか？

「食べていいぞ」

俺がそう言って初めて、チョウとタンはイノシシを食べ始めた。

これは……ガチで俺の指示を聞くようになっているようだ。もしかしたら、マタタビスプレーには人と動物の気持ちを通じ合わせる、特殊な効果でもあるのかもしれない。

チョウとタンの食事風景は、間近で見ると結構グロかった……野生の動物ドキュメンタリーをよく見てたから、慣れているつもりだったけどな……

ともかく、これで二匹が俺の指示を聞いてくれるようだと確認できた。なかなかすごい成果だ。なんといっても、これで肉を確保出来るようになる。苦いだけのまずい食事が、少しはマシになるぞ！

でも肉を食うには焼かないと駄目だよな……生のまま食う勇気は流石にない。火って、どうやって点ければいいんだろう。

レシピにライターなんて載ってなかったし……サバイバル知識がないから、火の熾し方も分からない。結局、まだ食事は栄養ポーションだけになりそうだな……

がっかりしつつも、チョウとタンが仲間になったのは心強い。今までは敵わなかった生物に襲われてもなんとかなりそうだ。いつもより行動範囲を広げて、素材を採っていこう。

というわけで、俺は今までは避けていた森の奥まで進んでみる。途中で見かけた草食動物は、二匹に命令して狩らせた。俺は食えないけど、チョウとタンの食事は必要だからな。

そのうちに、ゴブリンに出くわした。

チョウ達ってあいつらに勝てるのか？　石の斧を持ってるし、殴られたら結構なダメージじゃないか？

思いを巡らせていると、ゴブリンもこちらに気付いた。その途端、みるみるうちに表情が恐怖に染まり、一目散に逃げていってしまった。

チョウとタンを見て逃げたってことか？　あれ……もしかしてゴブリンって、スゲー弱い？

チョウとタンの食料になるかもしれないな。

「チョウ、タン。ゴブリンを倒してきてくれ」

指さしながら頼むと、二匹はすぐさま走り出し、ゴブリンを追いかける。俺でも逃げきれるくらいだから、ゴブリンの足はかなり遅い。あっさりと追い付かれ、仕留められてしまった。

チョウとタンが、獲物のゴブリンをくわえて運んでくる。俺は「よくやった」と二匹の頭を撫でる。

ゴブリンは身長百四十センチくらいと結構な大きさだ。チョウ達が仕留めた獲物がすでに何匹かいる。ゴブリンまで運びきれるかな……

悩みつつゴブリンを眺めていると、あることに気付いた。胸の辺りに、何かがある。顔を近付けてよく見ると、小さな灰色の石が胸に埋まっている。石には六芒星(ろくぼうせい)の模様が刻まれていた。

これって……見覚えがあるぞ！

急いでレシピノートを開いてみると……間違いない。これは『魔石』だ！

低級ホムンクルスのレシピには、必要な素材として『小さい魔石』の絵が載っている。見比べてみるが、ゴブリンについているのと全く同じものだ。このゴブリンから獲れる肉は十キロくらいありそうだし、もう一つの素材となる肉も揃いそうだ。なのに、今のところレシピノートでは生産可能になっていない。

もしかしたら、この魔石をゴブリンから抜き取らないといけないのかもしれない。

最初は手でやろうとしたが、無理だった。タンに命令すると、爪を器用に使って魔石を取り出してくれた。

俺が魔石を手にした瞬間、レシピノートが反応する。低級ホムンクルスのレシピにある『作る』の文字が光を放っていた。

5　ホムンクルス

指で触った瞬間、ボンと音がする。俺の目の前には、身長五十センチくらいの人型の生物が立っていた――これが低級ホムンクルスか。

体は青く、額には魔石に描いてあった六芒星が刻まれている。頭はまん丸で頭髪は生えていない。大きな目が二つに、エルフのようにとんがった耳……なんとなく愛嬌（あいきょう）のある姿をしている。

「ワタシは命令を欲しています」

低級ホムンクルスがいきなり言葉を発した。こいつ、喋れるんだな。説明によると『生産者の言うことを聞く』って話だった。まずやってほしいのは素材集めの手伝いだが、どこまで任せられるのだろう？

「お前って何がやれるんだ？」

「素材集め、料理や建築の手伝い、低級魔法の使用、低級魔物の討伐、などです。ご主人様の命令はなんでしょうか？　ワタシには疑問があります」

若干喋り方がおかしいが会話は成り立っているし、気にしないでおこう。にしても、結構できることが多くて便利そうだな。これは作ってよかった。

ところで、低級魔法の使用というのが気になった。この世界の魔法って、どんなものがあるんだろう？　ついでに尋ねてみる。

「さっき言ってた低級魔法のことを詳しく教えてくれ」

「ワタシはスモールフレイムが使えます。ワタシはアイスボールが使えます。ワタシはウィンドが使えます」

「へえー、それぞれどんな魔法なんだ？」

「スモールフレイム、小さな火を熾して飛ばします。アイスボール、小さな氷の球を飛ばします。ウィンド、風を起こします」

火を熾せる魔法!?　ずっと悩んでいた問題がついに解決したぞ。

「魔法は一日に三回まで使う可能です。それ以上の使う出来ません」

なるほど、回数制限があるんだな。低級だから仕方がないんだろうか。でも点火に使うだけなら、三回でも十分だろう。

他にも性能について色々と聞いていく。

食料はいらない代わりに、五十日ほどで寿命を迎えるらしい……意外と儚い命だ。というわけで、名前はあえて付けないことにした。愛着を持ってしまうと、死んだ時に悲しみが大きいからな……

戦闘力については、石の剣や石の盾といった武器を装備させることでゴブリンも倒せるらしい。

低級ホムンクルスはぜひ量産したい。そのためには素材のゴブリンが必要になる。石の剣や石の盾は今のスキルレベルでは生産できないのが残念だが、ゴブリンならタンとチョウが簡単に仕留めてくれるし、問題はないか。

とにかく、とても便利な存在を生み出すことが出来た。これからは素材集めがかなり楽になるかもしれないな！　俺は成果に満足して、一旦拠点へ戻ることにした。


拠点に戻って改めて収穫を確認する。

栄養ポーションと生命力ポーションが四つずつ、小リンゴが十五個。それに帰りがけに拾った木材。ちなみに、早速低級ホムンクルスに運ぶのを手伝ってもらった。

木を拾ってきたのは、火を熾して料理をするつもりだったからだ。今回の探索で、チョウとタンは鹿っぽい動物と、イノシシっぽい動物を狩ってくれた。しかし、動物を食べるには解体する必要がある。

解体か……料理も出来ない俺には難度が高すぎる。ホムンクルスには出来るんだろうか？

聞いてみると、「刃物があれば可能です」との返事だった。

ってことは、刃物のレシピがない以上まだ無理だな。仕方ない。しばらくは栄養ポーションと小リンゴで我慢だ。肉は全部チョウとタンの餌にしよう。

食事の改善がおあずけとなってがっかりだが、別に試したいことがある。俺は低級ホムンクルスにレシピノートを見せ、採取を頼んでみた。

「この栄養草っての、採ってこれるか？」

「ワタシにはそれを採ってくることが出来ます。いくつ必要ですか？」

「持ってこれるだけ持ってきてほしい。あのリュックサックを使ってもいいぞ」

「かしこまりました」

低級ホムンクルスはそう言うが早いか、リュックサックを背負って出発しようとした。

「あ、ちょっと待って、この命の草ってのと、こんな感じの赤い実があったら、それも持ってきてほしいんだけど……」

「かしこまりました」

低級ホムンクルスは頷いて、たった一体で森に向かっていった。任せてはみたけど、なんだか子供のおつかいを見送るような気分だ。無事に戻ってくるといいんだが……

チョウとタンには、ゴブリンを狩るように頼んだ。

「あれを狩ってきて、ここまで運んできてほしいんだ」

「「ガルル」」

二匹とも、頷くような仕草をする。こいつら、やっぱりガチで俺の言葉分かるんだな。

こうして、俺は自分以外に素材採取を託すという新しい試みに取り組んでみた。

皆ちゃんと帰って来るかな……？　これが成功したら、さらに低級ホムンクルスを作りまくって、素材も集めまくることができる。俺が自分でやっていた時は危険に晒されてばっかりだったが、もしかして、これからは安全にスキルレベルを上げていけるのかもしれない。

俺は一人、小屋で皆を待つ。そして、夕方――

外から「ガルルルル……」という声が聞こえ、タンとチョウが帰ってきた。命令通り、ゴブリンを二体狩ってきてくれている。俺は頑張りを称え、二匹の毛並みを撫でる。

時間をおかず、心配だった低級ホムンクルスも戻った。しかもこちらも採取は大成功だ。リュックサックの中には、大量の栄養草、命の草、小リンゴが入っている。

「ワタシは任務を達成しました。これで満足がありますか？」

「よくやってくれた」

愛着はあまり持たないようにしたいんだが……ついつい褒めずにはいられない。

よし、まずはゴブリンから魔石を取り出して、低級ホムンクルスを増やそう。

先ほどと同様にタンとチョウに魔石を取り出してもらい、さらに二体の低級ホムンクルスを生産する。見た目も喋り方も、最初の一体と全く変わらない。二体作ったことで、生産スキルレベルが3から4に上昇した。

続けてホムンクルス1号が採取してきた素材を使って、ポーションを作る。まず栄養ポーションを十五個生産した。これで十日くらいは飢えをしのげそうだ。加えて生命力ポーションを五個生産し終えると、スキルレベルが4から5に上昇した。

その瞬間——レシピノートが俺の手から離れ宙に浮く。直視できないほどの強い光を放ち、俺は思わず目をつむった。

しばらくするとノートが地面にドサッと落ちる音がした。見ると、さっきの光は消えている。

なんだ、今の？　まさか、ついに……？

ノートを拾うと、明らかにさっきより厚くなっている。中を確認すると、以前は五十ページだったものが、百ページに増えていた。やっぱり、予想通りだった！　きりのいいレベルで、一気に生産できるものが増えたみたいだ。

俺は早速何が追加されたか調べてみる。石の剣、石の盾、石の包丁、石の斧、石のクワ、石のツルハシなど石を使った道具が作れるようになっていた。

それに、今までは物を携帯する道具がリュックサックしかなかったが、木のかごや木のバケツなど他の収納道具も生産可能みたいだ。

あとはタンスや椅子、机、ベッドなどの家具のレシピも載っている。さらには家まであった。必要な木材の量は今の小屋の四倍だから、それだけ大きい建物のはずだ。作れれば、寝返りをうつスペースが確保できるに違いない。

それから、なんらかの実や草を素材にして、種を作り出すことが出来るようになっていた。栄養草や命の草、小リンゴなどの栽培ができるようになるってことか⁉　採取頼みだった今までに比べると、すごい進歩に感じる。

予想はしていたが、こんなに一気に作れるものが増えるなんて……しかも格段にここでの暮らしが向上しそうなものばっかりだ。ハズレ土地に打ちひしがれていたけれど、なんだか希望が湧いてきた。

そんな中、一番気になったレシピが『特殊ホムンクルス1号・ベルフェ』だ。素材は大きな魔石と肉百キロ。ただし、一体のみしか生産出来ないらしい。説明によると、かなり強力なホムンクルスのようだ。

肉百キロは用意しようと思えばできるだろうが、大きな魔石がどこで入手できるのか見当もつかない。低級ホムンクルスに入手を頼んでみたが、無理のようだった。相当手に入りづらい物なのだろうか……現時点での生産は諦めるしかないな。

というわけで、一通り確認したところで、後の目標を立てる。

まずは道具類から作っていこう。石の包丁を用意すれば獲物の解体ができそうだし、石の斧を作れば木材集めがスムーズになりそうだ。素材はどちらも石と、少量の木材だ。集めるのが簡単なもので助かるな。道具を作って、木材集めが楽になったところで家を建ててみたい。

それから、畑作りにも着手しよう。まず育てたいのは栄養草に、小リンゴだな。他にも新たな作物を見つけたら、積極的に種にして栽培していこう。

ただし、水を確保しないと畑作りは出来ないよな。森に川とか流れてそうだから、まずは水源の探索から始めよう。

今後のことに思いを馳せているうちに、夜になっていた。そろそろ寝るか……と思っていると、低級ホムンクルス達がじっとこちらを見つめている。まるで命令を待っているようだ。俺は思わず声をかける。

「皆って、眠ったりしないのか？　結構働いてもらったし、疲れただろ」

「疲れを感じるはないです。その代わりワタシ達すぐに死にます。一秒でも無駄にせず使うことをお勧めします」

うっ……健気(けなげ)だ。胸が痛い気もするが、本人が勧めてくるなら……ここは従っておこう。

「じゃあ、朝まで石と木材を集めてきてくれ。ただし敵に出会ったら、すぐ逃げろよ」

「「「了解しました」」」

三体の低級ホムンクルス達は声をそろえて言うと、夜の草原へ出かけていった。

異世界生活三日目の朝――暗い気持ちは、少しずつ晴れてきていた。これから生きていけそうな希望が出てきたからな。とはいっても異世界なので油断はできないが……できることを前向きにやっていこう。

小屋の外に出ると、低級ホムンクルス達が夜通し頑張って集めてくれたのだろう、木材や石が積まれていた。しかもまだ素材採取を続けているみたいで、戻ってきていない。

うーん、なんて働き者なんだ……

「グルルルル」

チョウとタンも起きてきた。俺はチョウとタンが昨日狩った獲物を食べている間、生産を始める。

まずは石の斧からだ。俺は低級ホムンクルスには役割分担をしてもらおうと考えていた。木材を集める役と、畑作りに必要な水源を探す役、そして土を耕して農地を整備する役だ。

俺はチョウとタンと一緒に、栄養草など畑で育てられそうな植物を採取してくるつもりだ。その間にもチョウとタンには動物やゴブリンを狩らせて、ホムンクルスをどんどん増やしていこう。

斧を作り終えると、石の包丁、石の剣、石の盾、石のクワ、木のバケツも生産する。バケツは水源を探すホムンクルスに持たせて、見つけたら水を汲んできてもらい、水質を調べるためだ。

いやー、しかし道具が充実してきたな。初めはなんもない野原に放り出されてどうなるかと思ったけど、やることもやりがいもどんどん増えていく。

そこへ、ちょうど低級ホムンクルス達が戻ってきた。早速それぞれに必要な道具を持たせ、一体一体に分担する役割を伝える。水源係と木材係は森へ向かい、畑係はクワを振るって土を耕し始めた。

「よし、じゃあ俺達は狩りに行くぞ」

俺の呼びかけにチョウとタンが嬉しそうに返事をする。

「「ガウッ‼」」

リュックサックを背負うと、一応両手に剣と盾を握り、二匹と共に出発した。

森を探索するのにも、チョウとタンと一緒だと安心感が全然違う。一人の時はいつ襲われるかと、おっかなびっくりだったからな。

歩いているとマタタビの実を見つけた。栽培してみるか迷う。チョウとタンを仲間にしたし、もう必要ないか……と考えたところで、思い直した。虎のような猫科の猛獣と、また出くわさないとも限らない。それから考えたくないことではあるが、マタタビスプレーの効果が有限で、時間が経過したら襲われてしまう可能性もないとは言い切れない。

異世界サバイバルに油断は禁物だ。やっぱり、一応育てておいた方がいいだろうということで、マタタビを採取した。

さらに歩き続けて、栄養草を採取していく。ある程度貯まったところでレシピノートを取り出し、種を生産した。一個の草から種が二つ生み出せるようだ。これを繰り返して、栄養草の種を計四十個生産し、リュックサックにしまう。

それから初めて見る鹿っぽい動物に出くわした。角は鹿そっくりだが、豹のような模様がある——『豹鹿（ひょうじか）』とでも呼んでおこう。性質は普通の鹿と変わらず臆病（おくびょう）なようで、俺達を見たらすぐに逃げ出した。

チョウとタンは非常に優秀なハンターだ。木に邪魔されずに森を走り回るのがうまく、抜群のスピードを持っている。豹鹿も素早いのだが、呆気なく捕まって絶命した。

俺の動物ドキュメンタリー知識では、肉食動物の狩りってそんなに成功率高くなかった気がするが、今のところ二匹が獲物を逃すの見たことないな。かなり優秀なのかもしれない。

さらに道中で、シマウマみたいな動物の子供に出遭った。普通のシマウマと違い、頭にユニコーンのような角が一本生えている。シマウマのユニコーン版って雰囲気だから、『シマコーン』と呼ぶことにしよう。

親とはぐれたのか、おろおろしている。可哀想だし親を探してあげよう……とは言っていられない。異世界サバイバルでは、狩れる獲物は狩っておかないと……

俺が指示すると、二匹はシマコーンもあっさり仕留める。豹鹿とシマコーンを運ぶのは重かったのか、拠点に帰ると流石にチョウとタンも疲れた様子だった。

戻ったところで、役割分担した低級ホムンクルス達の仕事の進捗を確認する。

まずは畑だが、なかなかの面積が耕されていた。大きさでいうとプールくらいだ。自分でも言っていたが、低級ホムンクルスは疲れを感じない——だから、作業速度が速いんだろうな。このまま作業を続ければ、今日中に十分広い農地が出来そうだ。

これで水源が見つかれば、わざわざ採取に出かける必要もなくなる。今はポーションがメインだけど、そのうち栄養草に頼らず、普通に料理できるような作物を育てられるようになればもっといいな。

木材集めの方も順調そうだ。石斧で切られた材木が、小屋の近くに積まれている。切るのも運ぶのも重労働なので、あの小さな体で大丈夫か心配だったが、問題なかったみたいだ。低級ホムンクルスは疲労を感じないだけでなく、かなり力持ちなのだろう。

本当に、なんて役立つ存在なんだ……低級ホムンクルス達のおかげで、異世界生活が一変したぞ。

そのあと再び森に出かけた。今度はゴブリン狩りが目的だ。低級ホムンクルスをもっとたくさん生産したいからな。

魔石は今のところ、ゴブリン以外からの入手方法が分からない。かといって不便はしていない。ゴブリンを狩れば素材の肉も出来るし、言うことなしだ。低級ホムンクルスについては、あと三十体くらい生産したい。それと……五十日という寿命があるので、魔石は何個か温存しておきたい。ここぞという時、一匹もいなくなったら困ってしまうだろう。

途中で命の草も発見した。全部引っこ抜いて種を生産し、四十四個入手する。スキルレベルが6に上昇した。

さらに歩き続け、ようやく三体のゴブリンに遭遇した。奴らは、背後から豹鹿を襲おうとしていた。これは格好の状況だ。狩りをするのに夢中で、こちらに気付いている気配がない。

俺はチョウとタンに命令して、ゴブリン達を襲わせた。寸前に気付かれたが、逃げられる隙などチョウとタンが与えるはずもない。ゴブリン達は、あっさりとチョウとタンにやられる。

早速、ゴブリンから魔石を取り出す。石のナイフを生産出来たので、自分の力で取り出すことが出来た。三体のホムンクルスを生産し、ゴブリンの死体を運ばせながら拠点に帰る。

すると、水源を探しに行っていた低級ホムンクルスが帰還していた。持たせたバケツには一杯に水が汲まれている。飲み水として使えそうなくらい綺麗だ。チョウとタンに指示を出すと、二匹は勢いよく飲みだした。思った通り、飲用しても問題なさそうだな。

俺は木材でバケツを生産して、新しく生み出した低級ホムンクルス二匹を、追加の水源係に任命する。ちなみに十個バケツを生産したことで、スキルレベルは7に上がった。

そして最後の一体には、新しく生産した石の斧を渡し、木材係を頼んだ。なかなか計画的に領地を発展させられているんじゃなかろうか。

6　発表

四日目――今日もいつも通り、まずいまずい栄養ポーションを口にする。はぁー、日本の料理が恋しい。うまい飯が食えるって、幸せなことだったんだなぁ。といっても、腹を満たせているんだから、贅沢を言ってもしょうがないか。

栄養ポーションの残りはあと十四個だ。一日三個飲むとして、今日も入れて五日分という計算になる。一日一個に抑えたとしても、今日も入れて十四日が限界だ。十分に余裕があるわけではない。

栄養草の種を栽培しているところだが、収穫できるほど育つのには時間がかかるだろう。そもそも育てた栄養草は、最初は全て種に変える予定だから、これはもっともっと集めないと追いつかないな……低級ホムンクルスに採取を頼もうかと思ったが、今手が空いているホムンクルスはいない。

そう思っていたら、材木係の低級ホムンクルスがちょうど木の幹を引きずりながら戻ってきた。そういえば木材が溜まってきたな。これなら作れるんじゃないのか……？

ノートを持って積まれた木材に近寄ると、ついに家のレシピの『作る』の文字が光を放った。ドキドキしながら触れてみる。今までは全て一瞬で完成してたが、家だけはじわじわと木材が組み立てられていく。十秒くらいすると、家が完成した。民家とまではいかないが、俺にとっては十分な大きさだ。中に入ってみると、八畳くらいの広さがある。うん、前の家より住みやすそうだ。

生産した道具類は地面に置きっぱなしになっていたので、前に住んでいた小屋を物置にして収納することにした。

残った木材で椅子、テーブル、タンスなどの家具を作成する。これでスキルレベルが8に上昇した。家具を配置したら、すっかり部屋らしくなった。ベッドがまだ生産出来ないのが痛いが、前よりは窮屈じゃない。スペースが広くなったので、小屋と違ってチョウとタンと一緒に寝られそうだ。あのもふもふと寝たら気持ちよさそうだよな。今夜試してみよう。

新しい住み家を整えて満足したところで、畑の様子を見に行く。耕された農地はプール二面ほどにまで広がっていた。これだけの規模があれば十分だな。今度は低級ホムンクルス達に、種を蒔（ま）き、水をやるよう頼む。栄養草と命の草が栽培出来れば、最初に想定していたより、だいぶ領地レベルが上げられているといえるだろう。

この調子で順調にもっともっと発展させられるといいんだが……ん？　ふと空を見上げると、ひらひらと紙が落ちてきて、ちょうど顔にかぶさった。な、なんだ？

紙を手に取ってみると『現在のトップ5を発表するよ！』と題名がある。首を傾げながら目を通してみると、そこに書かれていたのは——

『一位　坂宮徹、二位　平石誠二（ひらいしせいじ）、三位　山宮霧子（やまみやきりこ）、四位　工藤晶子（くどうあきこ）、五位　大原孝明（おおはらたかあき）』

これ……クラスメイトの名前じゃないか。そういえば神の奴が、領地を順位付けして一位の領主の願いを叶えるとか言っていたな。この紙がどっから現れたのか不明だが、定期的にこうやって順位を知らせてくるのか……中でも、嫌でも目に入る名前がある。

一位　坂宮徹。

……本来なら俺が治めていたはずの領地で一位になってやがる。ふつふつと怒りや悔しさがわき上がってくる。もし坂宮がこのまま一位になったら、神の言う通り願いを叶えてもらう可能性があるということか。それだけはどうしても許せない。俺が坂宮の一位を阻止出来たら、見返してやれるんだが……まあ、こんな生活している俺が出来るのかよって話だけど。それでも、やれるだけはやってやろうじゃねーか、そうしないと俺の気が済まん。

そのうちこの草原を、凄い領地にしてみせる。俺はそう心に誓い、チョウとタンと共にゴブリン狩りに向かうのだった。

7　桜町メイ

「絶対だからね!!」

――ゼンジにそう叫ぶと、ボク、桜町メイの視界は真っ暗になった。

目を覚ますとなぜか仰向けで寝ていた。どうやらベッドに寝ているようだ。

体を起こすと、西洋風の家具がたくさんある見知らぬ部屋だった。慌てて立ち上がり、窓の外を見てみる。日本の風景じゃない。中世ヨーロッパみたいな景色が広がっている。

「本当だったんだ……異世界転移……」

ぽつりと呟いた。あの神が言っていた通りのことが起きたみたいだ。

「そ、そうだ……ゼンジ！」

ボクの唯一の友達であるゼンジは、クラスメイト達のせいで領民ゼロの土地に行かされる羽目になったんだった。今頃、たった一人で苦しい生活を強いられているのかもしれない。

た、助けに行かないと！　でも、どうやって……？　無闇に外に出てもボクが生きていけない気がする……

そういえば、スキルを貰えるって、神は言ってたよね。

ボクはスキル石を取り出した。灰色だった石が、真っ黒に変色していた。

……で、これでどうやって使うの……って、あれ⁉

そこで初めて、部屋の隅にリュックサックが置かれていることに気付いた。部屋の中であからさまに浮いている、現代風のものだ。中を確認してみると、『魔剣ノート』とタイトルの記された真っ黒なノートが入っていた。

「ま、魔剣？」

ボク好みな、カッコいい響きだ……ノートを開くと黒いページに、白い文字が書かれている。

スキル『魔剣』の説明！
・まず「いでよ！　〇〇〇」と唱えて魔剣を出してください。
・名前は自由に決められます。一度決めたら変更できないので注意。
・「もういい、〇〇〇、戻れ！」と唱えるとしまえます。
・魔剣は使用者の身体能力を向上させます。
・魔剣のレベルが上がるほど、身体能力もより向上します。
・レベルを上げる方法は何かを斬って経験値を得ることです。
・レベルは裏表紙に表示されます。

他にもページはあるけれど、それ以外は何も書かれていない。裏表紙を見ると、1とある。何もしてないんだから、当然今のスキルレベルは1だよね。

それにしても、シンプルなスキルだなあ。身体能力が上がるだけか。まあ、案外こういうのが一番強いのかもね……戻す時のかけ声が、某モンスター育成ゲームっぽいのが気になるけど。

早速出してみよう。いでよって言った後、好きな名前を唱えるんだっけ。魔剣って言ったらやっぱり『魔剣グラム』だよね。よし、グラムに決定！

「いでよ！　グラ『ニュゥ』！」

あっ、噛んだ⁉

現れた魔剣を握る。黒い刀身のシンプルなデザインで、カッコいい。剣なのに軽くて、木の棒を持っているみたいだ。ボクの身体能力が強化されたからかな。そういえば、身体が普段より軽い気がする。これなら凄い速度で走れそうだ。

そしてカッコいいのはいいけど……ボクさっき噛んでグラニューって言わなかった？　気のせいだよね。ちゃんとグラムって言ったよね。グラニューなんて砂糖みたいな名前つけてないよね。

えーと、戻す時は某ゲームっぽく……

「もういい、グラム、戻れ！」

戻らない。グラムはボクの手にある。

もう一度言っても戻らない……

「も、もういい。グラニュー……戻れ」

ぼそっと呟くと、魔剣は消えた。魔剣に付けられた名前はグラニューで確定だ。ボクは絶望に打ちひしがれた

……はっ！　い、いやいや、こんなことでショックを受けてる場合じゃない！　ゼンジを探しに行かないと。

ボクはリュックサックを背負って意気揚々と部屋を出る。すると、怖い顔をした男の人が目の前に立っていた。驚きすぎて、悲鳴すら出すことが出来なかった。

「申し訳ありませんメイ様、驚かせてしまいましたね」と男の人が言う。

なんでボクの名前を知ってるの？　容姿は外国の人に見えるけど、言葉が分かるし。てか日本語で喋ってる？

色々聞きたいことはあるが、何も口に出来ない。だってボクはコミュ障だし……いきなり出会った怖そうなおじさんと会話なんて難度が高い。

「なかなかお越しにならないから、心配していたのです。さあ来てください」

いきなり腕を取られて、どこかに連れていかれる。混乱して全く抵抗出来ないうちに、人がたくさん集まった部屋に通された。そこからなんの説明もなしに、質問攻めにされた。

税率をどうするだとか、発生した一揆（いっき）の対策とか、罪を犯した家臣への処罰だとか。

い、いきなり領主として仕事をさせられるの⁉　神は誰かが説明してくれるとか適当なこと言ってたけど、そんな人いないし！

と、とにかく、ボクはゼンジを助けに行くんだ。でも領主のままじゃ、無理っぽいかも……なら、話は早い。やめればいいんだ！

勇気を出して、息を深く吸い「ボクは領主をやめます！」と宣言する。

部屋の中がざわめく。「冗談だろ？」という声が聞こえたので、力強く「本気です！」と返した。

部屋の中にいたこの領地の家臣だろう人達が、一瞬沈黙する。そして、大笑いしながら予想もしなかったことを言われる。

「それはいい、やめちまえ！」

「せいせいするぜ！」

ボクは家臣から嫌われているらしい……そういえば、領地の紙に『家臣からの好感度』って項目があった。そこに『悪い』って書いてあった気がする。要は嫌われた状態からスタートして、やめると言ってから喜ばれてるのか。

簡単にやめられそうでラッキー！　なんて思っていたら……家臣達が剣を抜いてきた。

え、えーと、これどういう状況？　まさか、殺すつもりなの？　やめる奴は生かして出すつもりはないと？　ちょ！　それは勘弁してくれ！

剣を持った男達が近づいてくる……そ、そうだ。

「いでよ！　グラニュー!!」

ボクはグラニューを手に、部屋から駆け出した。物凄いスピードが出て、男達は追ってくることもできない。今はレベル1だけど、ここまで身体能力が上がるんだ。レベル99とかになったら、とんでもないことになりそう。

猛スピードのままベランダに出る。普通なら落ちたら死ぬような高さだが、今のボクなら大丈夫だと確信できた。飛び降りて地面に着地する。ちょっと痛いけど、怪我はしていない。振り返ると、ベランダには間抜けな顔でボクを見る家臣達の姿が並んでいた。

ボクは全速力でその場を後にする。だいぶ走って、街中に出た。ここまで逃げれば大丈夫だろう。

よし、これでゼンジを探しに行けるぞ！　待ってろゼンジ！

……その時、ボクはふと気付いた……よく考えたらさぁ……領主をやめる必要ってなかったのかな？　……だってさ、家臣を使えば探しやすいし、情報も手に入りやすい。ん？　あれ？　ボクいきなり盛大に選択ミスった？　今から戻るわけには……いかない……よね？

——こ、こういう時こそ、ボクの大好きな漆黒の双剣士のアルガのセリフを思い出すんだ！

『後悔するくらいなら、一歩でも前に進め』

「そ、そうだ！　もう領主には戻れない！　ならこの身一つで探しにいくしかない！　さぁゼンジを探すぞ！　待ってろゼンジ！」

こうしてボクの、ゼンジ探しの旅が始まった。

8　坂宮徹

「ハハハ、最初は異世界に飛ばされるなんて最悪だと思ってたけど、案外悪くないな」

坂宮徹は、心底愉快そうな表情で言った。

異世界に転移した彼は、『フラメリウム』と呼ばれるこの大都市の領主となっていた。フラメリウムは『ラマク帝国』の南部にある、最大級の都市のひとつだ。この異世界はユーラシア大陸とほぼ同じ形をしている。ラマク帝国はフランス・ドイツ・イタリア・スペイン辺りを合わせた巨大な帝国で、フラメリウムはスペインのマドリードにあたる場所に位置していた。とにかく豊かな土地で、人も資源も多い、作物もよく育つ、特産品もあり商売も盛んに行われている。

そんな土地の領主となった徹は、贅沢三昧で自由気ままに暮らしていた。

(領主といっても部下がなんでもやってくれるし、正直やることはないからな。うまい飯は食えるし、女は抱き放題。まあ、悪くはないが……女なんて現実でも誰でも抱けたし、飯も食いたいもんは食えた。この世界は娯楽が少なくて、正直これなら元の世界にいたほうがよかったかもしれない……だが、そういえば神は一番いい土地を治めていた奴の願いをなんでも三つ叶えるとか言ってたよな)

そう考えていた徹の頭の上に何かが舞い落ちる。手に取ると、現在の領地の順位が書かれた紙だった。

(俺が一位ね。ふーん、初期の土地ではここが最高だったんだな)

クラスメイトがここ以上の土地を引き当てた可能性もあると考えていたが、思い過ごしだったようだ。

(つまりこのままいけば、俺が願いを叶えることが出来るわけか)

最高のリア充である坂宮徹だが、願いはそれなりにある。

(まず元の世界に戻るというのは、欠かせないな。あとは、サッカーの才能を上げるとか、頭を良くするとかか？）

基本的になんでも優秀な徹だが、一番ではない。小学生の時は、サッカー選手になって海外のクラブで大活躍するという夢を持っていた。小学生までは一番だったのだが、中学生になると本当に凄い人物を目の当たりにして自分には才能がないということを思い知った。

勉強でも一位になりたいのだが、中学生時代からだいたいいつも三位で、これも上には上がいるということを思い知っていた。人気という意味では常に一位だった徹だが、ほかのことでは一位になることは出来なくなっていた。

（クラスの連中はまともに領地経営なんて出来ないだろうし、最初に優秀な土地を引いた俺が優勝で決まりだな）

徹はそう予想した。

（体操着泥棒には感謝しないといけないな。あのクズがSランクの土地を引いてくれたおかげで、ここを手に入れたんだからな。代わりにあいつは領民ゼロの土地か。もう死んだかもしれん……まあ、同情はしないけどな。罪を犯した罰だ。ざまぁってやつだな）

クックックと徹は心底愉快そうに笑い出した。

○

「さぁて、どうなるかなぁ？」

異空間に複数の画面が映し出されている。神は異世界に転移させた一年C組の様子を観察していた。

「領民ゼロの土地に行った子が、意外と上手くやってるね。一歩間違えたら死にかねない場面もあったけど、機転を利かせて乗り切って、それで仲間を増やしたりもしてたし。生産スキルってのが良かったのかもね」

善治の健闘に、神はそう呟く。

「フラメリウムの領主になったイケメン君は、思った通り凄く浮かれてるね。自分の勝利を確信しているみたいだ」

にやにやと笑いながら、徹の様子を観察する。

神だけが知っていたのだ。この領地にはこれからとんでもない災厄が訪れることを。

「どういう反応をするのか、凄く楽しみだなぁ……」

9　来訪者

俺――善治は、四日目と五日目、ゴブリンを狩って狩って狩りまくっていた。

低級ホムンクルスを八体生産する。同時にスキルレベルが10に上昇し、レシピノートが厚くなる。

生産出来るものが増えるのは達成感があって嬉しい。

確認すると、普通の家から大きい家が生産可能になっている。ただ必要な木材量も多いし、俺が住むには今の広さで十分なので、とりあえずはパスかな。

特殊ホムンクルス強化ポーションというレシピも見つけた。素材は低級ホムンクルス一体で一個、中級で二個、高級で三個と生産出来ると書いてある。ホムンクルスを犠牲にしなければ作れないポーションってどうなんだ……？　寿命間際のホムンクルスを使えば合理的って考えもあるかもしれないが……流石に抵抗を感じるよな。

嬉しいレシピとしては、鉄を使ったものが作れるようになっていた。さらに鉄鉱石があれば、鉄のインゴットも作れるらしい。

弓と矢も載っていた。ただし、糸がないので今は作れない。糸は羊毛や亜麻、木綿などを集めると生産出来るようだ。ちなみに糸からは、布も生産出来る。そこから服も作れる。今俺は転移した時のまま学生服を着ているが……一度も洗えていないから、当然クサイ。

水で洗うことは出来るが、その間、全裸で寒い思いをする羽目になるので我慢している。そもそも汚い以前に、森を歩き回ったせいで、枝などに引っ掛けてボロボロになっている。新しい服は是非早く作りたいところだ。

俺は新しく作った八体の低級ホムンクルスのうち、二体に石のツルハシを持たせて、鉄鉱脈の捜索と鉄鉱石を採集という命令を与えた。

それから綿、亜麻、羊を探してもらう。綿と亜麻は植物なので、種を生産して栽培も出来るかもしれない。二体の低級ホムンクルスに捜索を命じた。

別の二体に石材と木材の採取を命じる。家の素材を集めるためだ。一番になるような領地を作るという目標を考えたら、領民が増えた時に備えて家が必要だ。

残りの二体には狩りを手伝ってもらうことにした。俺とチョウとタンだけで行っていたので、低級ホムンクルスに加わってもらうのは初めてだ。これで運べる獲物の量が増える。栄養ポーションと小リンゴの食事には飽きてきた。生産できる道具も増えたところで、今度こそ肉を食べたい。

森で豹鹿を二匹と、角の生えたウサギを狩った。角の生えたウサギは『アルミラージ』と呼ぶことにした。

拠点に戻り、低級ホムンクルスに解体をお願いする。使う道具は、石のナイフと斧だ。斧は意外と鋭く、首と足を切断し、皮を剥がしていく。ナイフは切れ味が悪いようで苦戦していたが、なんとか成功した。

そしてついに念願の肉を切り分けていく。ただ、低級ホムンクルスはこの作業も相当苦労していた。解体には数時間かかったが、最終的に美味しそうな肉が山盛りになった。見た目は牛肉に似ている。

一人で全部食べ切れそうにないほど獲れてしまった。干し肉にすれば長もちするかもしれないが、どうやればいいか全くわからん。そういえば、低級ホムンクルスのアイスボールって魔法で冷凍するという手もありか……？　あとで試してみるか。

さて、いよいよ肉が食べられる。まずは火を熾さないとな。木材を組んで、低級ホムンクルスに指示を出す。低級ホムンクルスがスモールフレイムを使うと、小さい火の球が木にぶつかった。まず小さな枝が燃え始め、立派な焚火になった。

肝心の肉の焼き方だが、レシピに石槍ってのがあったな。生産して、槍に肉を刺して焼いてみよう。先端に肉を突き刺し、火にかざして肉をあぶる。肉の焼ける美味しそうな匂いが漂ってくる。

十分に火が通ったところで、かぶりつく……うまい。味はほぼ牛肉だ。今まで食べたどんな高級な肉よりも美味しく思える。人生で食べた肉の中で、一番うまく感じたかもしれない。

よっぽど肉に飢えてたんだな、俺は……腹いっぱい食べて、夜になる。久々の肉を食べられた幸せに、充実感を覚えながら眠りについた。

七日目――家を生産してから、俺はチョウとタンと寝ている。もふもふのおかげで、ベッドがなくても快適だ。

昨日の肉の余りにはアイスボールの魔法を使い、氷と一緒に貯蔵庫に寝かせてある。冷たい所に保存したとはいえ、なるべく早く消費したほうが安全だろう。ということで、今日も低級ホムンクルスに肉を焼かせて食べた。栄養ポーションだらけの食生活からやっと解放されたぞ！

朝飯が終わったところで、今日の作業に取りかかる。低級ホムンクルスに採取を頼んでいた栄養草がかなり溜まっていたので、栄養ポーションと種を生産する。

栄養草は全部で五百四本あり、二十五個の栄養ポーションと五百個の栄養草の種が出来た。

スキルレベルが12に上がる。種を作るのは、スキルレベルを上げるのに効率がいいのかもしれないな。

生産しただけで時間が経ち、すでに昼である。そこへ、低級ホムンクルスが二体戻ってきた。

手に黒い石のようなものを持っている。もしかして、あれは……！

「鉄鉱石を持ってまいりました」

低級ホムンクルスが差し出してくれたのは、待ち望んでいた素材だった。こんなに早く見付けてくれるなんて予想外だ。受け取ると、流石に重みがある。

ただ本物かどうか分からないので、レシピノートを確認してみる。アイアンインゴットのレシピを開くと『作る』の文字が光っていた。よかった、本物で間違いない。

「よくやったな！　ん、そういえばツルハシはどうした？」

「壊れました」

低級ホムンクルスが答える。石で出来たツルハシだったから、強度が高くなかったんだろう。むしろ採れるか疑問だったくらいだから、ありがたいことに変わりはない。ただ、あまり質のいい鉄鉱石ではないかもしれないな。

量も少ないけれど、鉄のナイフくらいなら作れそうだ。昨日分かったが、石のナイフはそうとう切れにくくて、調理に役立たない。鉄のナイフがあれば、もっと楽になるだろう。

俺は生産スキルで、鉄鉱石からアイアンインゴットを二本生産する。それを素材に鉄のナイフを生み出した。これで肉をさばきやすくなったな。

鉄鉱石係の低級ホムンクルス達に、もう一度採取を頼みたいところだが、肝心の石のツルハシがない。生産しようと思ったがあいにく石材が枯渇していたので、まずは石を集めるよう命令した。

さて、ただ待っているのもなんだし、狩りにでも行くか……そう思っていると、リラックスしていた様子のチョウとタンが、いきなり「グルル……」と唸り、牙を剥いて臨戦態勢をとった。

ま、まさかマタタビスプレーの効果が切れた……!?

しかし、二匹の視線の先にあるのは俺ではなかった。領地である草原の遠くに、何かがいる。徐々に近付いてくるにつれ、人影だと分かった。

「ま、まじかよ……」

初めてエンカウントする異世界の住人だ。ここで人と出会えるのはありがたい。近くにある町の場所など、情報収集ができるかもしれない。でも、そもそも言葉とか通じるんだろうか？

考えているうちに、次第に姿がはっきりしてきた。人数は九人。剣や弓で武装しており、ボロボロの服を着ている。全員男で、ごつい顔に髭を生やしている……お世辞にも上品そうな人間には見えない。

ま、まさか……こいつら盗賊とか良からぬ輩なんじゃねーのか？　元々、何もなかったこの草っ原に、俺が色々生産したから目立ってしまったんだろうか……そう思っていると、集団のうち一人がこちらに弓を放ってきた。

うお！　や、やべ!!

家の中に逃げ込こんだ途端、壁に矢が突き刺さった。さっきまで俺が立っていた場所だ。

やっぱりあいつら盗賊かなんかだろ！　完全に殺す気じゃねーか！　金目のものなんかないぞ、俺の家に！　し、しかし、どうする？　あいつら九人もいるぞ。

武器があろうとなかろうと、俺はまるで戦えない。こちらの戦力はチョウとタン、それに低級ホムンクルスだけだ……勝てるのか？　問答無用で攻撃してくるような奴らだし、話し合いで解決なんて出来そうにない。

俺が悩んでいる間に、チョウとタンが盗賊達に飛びかかっていた。攻撃されたから、敵と判断したのだろう。慌てて止めようと外に出るが、時すでに遅し。チョウとタンがやられる！

——という俺の心配は杞憂に終わった。盗賊の一人を、あっさりと爪で切り裂く。死んではいないが、大きな傷を負って倒れた。それを見て、他の盗賊達も動揺している。

チャンスと見て、すかさず低級ホムンクルスに命令する。

「チョウとタンの援護をするんだ！　一番威力のある魔法を使え！」

「了解しました」

低級ホムンクルス二体がアイスボールを放つ。それが頭に直撃し、盗賊が倒れる。反撃を予想していなかったのか、盗賊達は武器や怪我人を置いて、一目散に逃げだしていった。

残された盗賊を見ると、気絶しているようだ。困ったもんだ。このまま放置、というわけにもいかないし……生命力ポーションがあるから、治療してこの辺りの地理とか、情報を聞き出すことも出来るが……いや、危険すぎるな。

何もしていないのに、いきなり攻撃してくるような連中だ。少し悩んで、ホムンクルス達に領地の外に捨てにいかせることにした。

そのあと、連中が落として行った武器を拾う。鉄の剣や槍をゲット出来て、なかなかいい収穫になった。

あとは……ん？

何やら大きな袋が目に留まった。あいつら、こんなもの持ち歩いてたっけか？　近付いてみるといきなり袋がもぞもぞと動いた。思わず「うわっ！」と声を上げる。

びっくりした。何が入ってるんだ……生き物が入っていそうだけど……何か危険な動物でも入ってるのか？　確認……してみるか、怖いけど……

念のためチョウとタンを近くに呼び寄せ、袋を開けることにした。

袋の口は縛られている。恐る恐る紐をほどき、中を見た。最初に見えたのは白い肌……それから金色の長い髪、水色の瞳、布で塞がれた口……に、人間じゃん!!　しかも女性だ！

怯えた目でこちらを見ている。もう一人、金髪の女の子もいた。

あ、あいつら、人さらいもやってたのか。かなりの外道だったようだ。

口を塞がれてかなり苦しそうだ。早く解放してあげよう。俺は袋から女性と幼女を救い出し、拘束を解いた。二人は苦しそうに咳をしながら口から布の塊を吐き出す。口の中にも押し込まれていたようだ。

「え、えーと、大丈夫ですかー？」

そう尋ねるが、二人はびくびくした様子でこちらを見ている。女性の方は長い金髪で、色白な美女だ。年齢は二十代前半くらい？　よく見ると凄くグラマーな体型をしている。

もう一人は女の子……といっても幼女っていったほうがいいくらいまだ小さいが、同じく金髪で、短めの髪をしている。この子も将来は美人になるに違いないと思うくらい似通った顔立ちで、おそらく親子なんだろう。

俺の問いかけに返事がない。言葉が通じていないのか？　それとも返事も出来ないほど怯えているとか？　それにしたって、なぜこんなにも怯えられているのか。

……そういえば、俺は人相が悪いんだった。さっきの連中の仲間か何かだと、勘違いされているのかもしれない。若干傷付いたが、よく見ると二人の視線はチョウとタンに向けられている。

そういえば、二匹は虎じゃん！　俺は慣れてるけど、普通ならちびるくらい怖いよな、虎って。俺の顔なんか比じゃないだろう。

二人を安心させるため、俺はチョウとタンの頭を交互に撫でてみせる。

「こいつら懐いてて、人間には危害を加えないから安心してください」

言葉が通じているのかは分からないが、ある程度言いたいことは伝わっているはずだ。

「とらさん、さわっていいの？」

幼女がたどたどしい口調でそう言った。

完全に日本語だった。どうやら言葉は通じるようである。なんで日本語なのかというツッコミはなしだ。多分神が何かしてるんだろう。

「ああ、触ってもいいぞ」

幼女が近付いてくる。さっきまで震えていたのに、この変わりよう。なかなか肝の据わった子だ。

「ちょ、ちょっとマイナ！」

母親らしき女性が止めようとするが、マイナと呼ばれた幼女はチョウの方に近付いて、体に触る。

最初はおそるおそるといった様子だったが、触っても何もしてこないと分かると「わ〜、もふもふだ～」と言いながら、チョウに抱き着いた。

「ねーねー。おなまえなんていうの？」

「そいつはチョウだ。こっちがタンだ」

「チョウちゃんっていうんだ。のっていい？」

「乗りたいのか……？　いいぞ」

「わーい」

マイナはチョウの体によじのぼると、背中にまたがる。そして、「はしれー！」と命令した。

チョウは少し面倒そうにしつつも、辺りを走り始める。幼女の笑い声が草原に響いた。

いやこの幼女、順応早くないか!?　子供なんてそんなものなんかな。しかし母親らしき女性も、唖然として眺めている。

「あ、あの、本当に大丈夫なんですか？」

「ええ、虎ですけど懐いてますので。ていうか、割と簡単に懐いたんですが、他に飼っている人っていないんですか？」

「いや、私の記憶する限り、一人も……」

マタタビの効能が知られていないのか、もしくはマタタビスプレーを生産しなければ、懐くという効果が得られないのか、どちらかだろうな。

「……あの、もしかしてあなたは私達を助けてくれたのでしょうか？」

「俺っていうか、チョウとタンなんですけど。とにかくその袋を持ってきた盗賊っぽい連中は追い払いましたよ」

「そ、そうなんですか。あ、ありがとうございます。ほんの数時間前、いきなり捕まって、口を塞がれてからマイナと一緒に袋に詰められて……これから奴隷にされるか、もしくは慰み者にされるか、どちらかだと思って絶望していたんです。本当にありがとうございました」

「いえいえ、役に立てたのなら嬉しいです」

話していると、チョウがマイナを乗せて戻ってきた。

「たのしかったー！」

マイナが笑顔で言う。話を聞いた限りトラウマになってもおかしくない目に遭ったらしいのに、相当切り替えの早い子だな。

「私はアイナ、この子はマイナと申します」

「俺は鳥島善治です」

「トリシマゼンジさん？　長い名前ですね」

「え？　いや、善治が名前で鳥島は苗字です」

もしかしてこの世界には、苗字という概念がないのか？

「あ、そ、そうですか。うっかりしてました」

こ、この人が天然なだけか。

「ねーねー、タンちゃんにものっていい？」

マイナが尋ねてきた。

「こらマイナ、迷惑でしょ！」

「えー、たのしかったのに。おねぇちゃんものれば？」

「駄目です。虎さんも乗られたら重くて苦しいのよ」

「そっかー」

アイナに怒られてマイナちゃんは反省……いや、あれ？　さっきおねぇちゃんって……

「二人は姉妹なんですか？」

「はい、マイナは私の妹です……あの、もしかして親子と思ってましたか？」

「お、思ってませんよ？」

「それならいいのですが。私、十五歳なのに二十歳くらいに見られることが多くて……」

十五!?　俺と同い年じゃないか。凄く大人びてて、全くそうは感じなかった。

「……いま、驚きませんでした？」

「き、気のせいです」

なんとか誤魔化した。

「改めて今回はありがとうございました。ほらマイナもお礼を言いなさい」

「おにぃちゃんありがとう」

二人はペコリと頭を下げた。

10　初めての領民

「あの……ところでここはどこでしょう？」

アイナが尋ねてきた。

確かに袋に詰められて連れさられたんだから、今いるのがどこかなんて分からないだろう。しかし、俺も転移したらここにいた身なので、ここがどこだか知らない。

「俺も分からないんですよ……」

正直に答えると、アイナが怪訝そうな顔をする……異世界転移でここに来たと言っても信じてもらえないだろうし……誤魔化すしかない。

「実は、以前の記憶を失ってしまっていて……気付いたら、ここにいたというか」

「ええ!?　大変じゃないですか」

「はい、結構大変です」

「この家はどうなされたんですか？」

「これは自分で作ったんです。便利なスキルがあってですね」

「スキル……確か使える人が限られている珍しい力ですよね」

アイナの言いぶりだと、スキルは一般人が持っているものじゃなさそうだな。

「正直どこに町があるかなんてのは分からないのです。家に帰りたいだろうに申し訳ないです」

「あ、いえ、純粋にここがどこだか気になっただけなんです。帰る家なんてどこにもありませんし……」

アイナの表情が少し暗くなる。何か複雑な事情がありそうで、深くは聞けなかった。

アイナが俺の顔を窺(うかが)いながら言う。

「あの、助けてもらっておいて恐縮なのですが、しばらくここに置いてもらえないでしょうか？」

「ここにですか？　でも……」

そのうち領民を増やしたいという思いはあったが、今はまだまだ生活のレベルが低い。もっと暮らしてからだと思っていた。飯も美味くないし、服も替えがないし……そもそも食料の供給も安定してないしな。

しかし、アイナは真剣な表情で続ける。

「私達は住んでいた町に居場所がなくなって……新しく暮らせるところを探して、当てもなく彷徨(さまよ)っていたんです。頑張って働くので、ここに置いてもらえないでしょうか？」

「え、えーと、ここは生活が不便だし、住みにくいと思いますよ？」

「あ……やっぱり迷惑ですよね……」

俺が理由をつけて断ろうとしていると思ったみたいだ。いや、迷惑ではないんだが……うーん、行く当てもないってのに、断るのはやっぱり可哀そうだな。

「いえ、そんなことはないです。あの、こんな場所でいいのなら、いくらでもいて構いませんよ」

俺は二人を受け入れることにした。

「あ、ありがとうございます！」

こうして人間は俺一人だった土地に、初めての新しい領民が住むことになった。


ちょうど木材も集まっていたので、俺はアイナとマイナのために家を生産する。

スキルレベルが13になった。家のような大きいものを作ると、経験値が上がりやすいみたいだ。

「ま、まあ。一瞬で家が……」

「すごーい！　どうやったのおにぃちゃん」

アイナとマイナは俺のスキルを見てかなり驚いている。

「これからはここに住んでいいから。家具も作れるけどベッドは作れないから、過ごしづらいかもしれないけどさ」

アイナとは年も同じで、共に領地に住むということで、ため口で話すことにした。一方でアイナの方は、相変わらず敬語のままだ。

「ありがとうございます……住む家まで作ってくださるなんて……」

「あの木は家を作るために集めていたものだし、気にしなくていいよ」

そこへ、低級ホムンクルス四体が戻ってきた。アイナがぎょっとする。

「な……なんですかあれは……」

「これはホムンクルスっていって、スキルで生産した奴らなんだ。凄い働き者なんだよ」

「へ、へー」

「マイナよりちっさい。かわいい」

マイナは興味津々な様子で、低級ホムンクルスの頭を撫でている。俺は低級ホムンクルス達に、再び木材を採ってくるように命令した。すると、アイナがおずおずと申し出る。

「あの、私にも何か仕事を頂けませんか？　何もせずに住まわせてもらうわけにはいきません」

「仕事か……うーん、そうだな」

素材集めなどはやってもらいたいけど、森は危険だし行かせるべきではないよな……かといって何も頼まないとなると、アイナもいづらいだろう。

そうだ、畑仕事をお願いするか。さっき種を大量に生産したので、アイナに任せられるのならありがたい。

「実は畑を作ろうとしてるところなんだ。しかし、力のいる仕事なんだけど大丈夫かな？」

「畑仕事ですか？　経験はないですが、一生懸命やります」

「俺も正直これでちゃんと育つのか分からないけど、とりあえず耕して種を蒔いて水をやってるところなんだ。頼めるかな？」

「やります！」

「マイナもおてつだいする」

マイナに畑を耕すのは難しいだろうけど、種を蒔いたり水をやったりは出来るだろう。

いったん低級ホムンクルス達のお手本を見せて、同じようにやってもらう。結構力はあったようで、きちんと耕している。これなら任せられそうだ。畑仕事はしばらくアイナとマイナにお願いしよう。

俺はいつものように狩りに出発する。盗賊の件もあったことだし、アイナとマイナだけを残していくのは危険なので、低級ホムンクルスを二体護衛につけることにした。盗賊の剣と弓を持たせ、いつでも戦えるよう準備を整えておいた。

昼から狩りを始めたので、そこまで成果は期待出来ないと思っていたが、運良くゴブリンが七体いる巣を発見し、チョウとタンに一網打尽にさせた。七体でも圧勝する辺り、二匹は流石である。

その場で低級ホムンクルスを七体生産して、ゴブリンの肉運びを手伝わせた。ゴブリン以外に獲物は取れなかったが、日が暮れ始めてきたので、急いで森を後にする。

拠点に戻ると、アイナはまだ土を耕し、畑を広げていた。なかなかの働き者だ。拠点に問題は起きなかったようで、一安心する。

「あ、おかえりなさい」

「ただいま」

誰かにお帰りと言われたのは、この世界に来てから初めてだ……凄く感慨深いものがある。これも今まで頑張って人の住める領地にしてきたおかげだと思うと、領主になるのも悪くないかも、なんて一瞬思ってしまったほどだ。

「な、なんですかそれは……？」

アイナがぎょっとした様子で言う。ゴブリンの死体を見て、引いてしまったみたいだ。うん、女の子が見たらグロいよな……

「ああ？　ゴブリン……って呼んでるんだけど、合ってるのかな。毛むくじゃらの生物の肉だよ」

「ゼンジさんの言う通り、ゴブリンだと思いますよ。今まで見たことありませんでしたけど、冒険者さんがそんな生き物の話をしていたのを聞いたことがあります」

どうやらゴブリンという認識は共通のものだったみたいだ。

「あれ？　そういえばマイナは？」

ふと気付いたが、マイナが見当たらない。

「マイナは疲れちゃったみたいで、家の中で寝ています」

「そっか。頑張ってくれたんだな」

「いえ……最初は頑張ってたんですけど、すぐに飽きてしまって……それから低級ホムンクルスに興味を引かれたようで、色々お話ししていました。あの子達、喋るんですね」

「喋るけど、生産者である俺以外の人間とも喋るんだな」

アイナは俺の背後を覗き込みながら言う。

「そういえばホムンクルスちゃん、増えてませんか？」

「ああ、ゴブリンを一体倒すと、同じ数生産出来るんだ」

すると、家の扉がガチャっと開いて「おねぇちゃん、おなかへった〜」と言いながら、マイナが出てきた。

「あ、おにぃちゃん〜、チョウとタンもおかえり〜。あ、あのかわいいのがふえてる！」

空腹で元気がなさそうな様子だったのに、俺達と、低級ホムンクルスの姿に顔を輝かせる。マイナは小さいし、仕事もしたらからはらぺこだろうな。俺も腹が減ったし飯にしたいが……二人はあの味に耐えられるのだろうか？

「……栄養ポーションって知ってる？」

「生命力ポーションや魔力ポーションは知っていますが……」

アイナはきょとんとしている。どうやらあまり広く知られていないようだ。

「俺は栄養ポーションを食事代わりにしてるんだけど……これがまずくてさ」

「食べ物の味なんて、ここ数年気にしたことないので大丈夫ですよ」

……アイナが若干闇が深そうな発言をした。この子の人生に何があったか気になるが、まだ出会って一日も経過していない。深く踏み込み過ぎない方がいいだろう。

俺は保管しておいた栄養ポーションと、低級ホムンクルスが収穫してきたらしき小リンゴをそれぞれ三つ持ってきた。

「これが栄養ポーションですか？」

小さな瓶に驚いたみたいで、アイナが目を丸くしている。マイナはふくれっ面をして、不満をもらした。

「こんなんじゃ、おなかいっぱいにならないよ」

「それがな、これ一本飲めば不思議と腹が満たされるんだ」

「うそ～」

マイナはいかにも疑わしそうに、瓶を眺めまわす。俺はふたを開けて渡してやった。マイナは受け取ると、ごくごくと飲み干す。

「あ、ほんとだ！　おなかいっぱいになった！　どうして⁉」

ん……？　驚いてはいるが、味に関して何も言わないな⁉

「まずくなかった？」

「え？　うーん、おいしくはないけど、きのうたべたのよりはおいしかったよ」

一体……昨日何を食べたんだ。

「私も飲んでみていいですか？」

アイナも一気に飲み干して、驚いた顔をする。

「あれ？　全然美味しいじゃないですか。それに、本当にお腹いっぱいになりました。不思議な飲み物ですね」

え？　美味しい……のか？　俺が苦いのが嫌いなだけで、他の人はそこまでまずく感じないとか？

い、いや、でもそんなレベルの苦さじゃないと思うけどな……確認のような気持ちで俺も飲むが、やはりまずい、と再認識しただけだった。

小リンゴも配ると、アイナもマイナも初めて食べると感激していた。案外レアなのか小リンゴって……この周辺でも、結構見付けにくい実ではあったもんな。

「おねぇちゃん、ねむい」

腹も膨れて、マイナは眠くなってきたようだ。気付けば草原には満月が浮かんでいる。

「今日はもう寝るか」

俺の提案で、それぞれの家で休息を取る。一緒に床に寝そべるチョウとタンの毛並みに埋もれながら、新しく作成したホムンクルスの使い方について考えを巡らした。

まず拠点の防衛用に二体、森の狩りの手伝いに二体。残りは三体だが……実は考えていることがある。盗賊に襲われたってことは、案外近くに人里、というか村や町があるんじゃないだろうか。

命の草もだいぶ溜まっているし、生命力ポーションを生産して売れば資金を作れるはずだ。そうすればスキルでまだ生み出せないものも買うことが出来るかもしれない。

よし、三体のうち一体には、町がないかを探してもらおう。最後の二体は、草原で狩りをしてもらおう。低級魔法といっていたが、アイスボールは意外と強力だ。戦闘にも十分役立つだろう。

アイナとマイナという領民が出来たので、全員が安定して暮らせるように食料を充実させたい。栄養ポーションを美味しいとは言っているが、肉も食べさせてあげたいしな。

というわけで、俺はそれぞれの低級ホムンクルス達に指示を出してから眠りについた。

11 町探し

翌日——朝早く領地を歩いていると、アイナが挨拶をしてきた。

「あ、おはようございますー」

「おはよう」

まだ日が昇ったばかりだというのに、アイナは畑を耕している。

「頑張ってくれるのは嬉しいんだけど、こんなに朝早くからやらなくても……」

「いえ！　頑張らせていただきます！　ここに置いてもらっている以上、半端なことは出来ませんので！」

「いや、張り切りすぎて身体を壊したらまずいし、起き抜けだから腹も減ってるだろ？　せめて栄養ポーション飲んでから作業しなよ」

「あ、確かにお腹は減っています……分かりました、そうしますね」

どうも、アイナは真面目すぎる性格のようだ。働き者なのは助かるのだが、身体に不調が出たら一番困る。病院なんてないし、俺に病気の知識はゼロ。生命力ポーションが治療に使えなかったら、手の施しようがない。

マイナはまだ寝ていたようで、アイナが起こしに向かった。まだ寝るとぐずるマイナの声が家の中から聞こえてきた。それをアイナが問答無用で叩き起こす声が聞こえる……妹には割と厳しくしているみたいだな。

マイナも起きてきたところで挨拶を交わし、全員で栄養ポーションを飲む。

「さて、お腹も膨れたことですし、頑張って耕します！」

「マイナはたねをうめるのー」

二人が畑仕事を始めると、アイナが声を上げた。

「あ、ゼンジさん。見てください」

手招きをされて畑に向かい、アイナが指さしている地面を見る。そこには、小さな芽が出ていた。

「お、生えてきてる！」

「ゼンジさんが以前に植えていたのですよね、これ」

「うん。育つか心配だったから嬉しいよ」

生産スキルで生み出すのもいいが、こうやって地道に世話をしてきた成果が出ると、喜びもひとしおだな。アイナにはこの植物が栄養草であり、栄養ポーションの素材になることも伝える。

「じゃあとっても大事じゃないですか！　もっと頑張って、大切に育てますね！」

アイナはさらに張り切ってくれたみたいだけど、くれぐれも無理をしないように言っておいた。

俺は今日もホムンクルス生産のためにゴブリン狩りの予定だ。

しかし、その前に石材が割と集まっている。石のツルハシを十個生産し、石材採取をしていた低級ホムンクルス達に持たせる。そしてそのまま役割を鉄鉱石採取に変更した。

石のツルハシは壊れやすいから使い捨てにしながら鉄鉱石を集め、ツルハシが全て使い物にならなくなったところで、石材集めを行うように指示を出す。これを繰り返すことで、ツルハシを生産しながら鉄鉱石を集めるというルーチンが確立できる。少し複雑な命令のような気がするが、低級ホムンクルス達は問題なく従ってくれた。

満足して狩りに出かけたが、俺の成果は散々だった。ゴブリンどころか、他の動物も見つけられない。残念だが、一度拠点に戻った。

アイナとマイナは熱心に畑仕事をしていた。一緒に栄養ポーションを飲んで休憩しながら、気になっていたことを尋ねてみる。

「そういえば、アイナとマイナはいつ頃に町を出たんだ？」

二人の住んでいた町が、ここからどのくらいの位置にあるのか確認したかった。もし盗賊の件で予想した通り、そう遠くでないならありがたい。

「えーと、今から四日くらい前です」

アイナが考えるような仕草をしながら答えた。

「えっ、じゃあ、ここからそんなに離れてないんだな。てか、ならこの草原がなんて呼ばれているか、聞いたこととかないか？」

「すみません、私地理には疎くて……町から出たのも四日前が初めてだったんです」

「そうか……まあでも、さほど離れてないと分かっただけでも嬉しいよ」

これなら町探しに行かせた低級ホムンクルスも意外と早く帰ってくるかもな。

「ちなみに、どんな町なんだ？」

「名前はフラメリウムといいます。かなり栄えていて、大きくて賑やかなところですよ」

なるほど……それなら必要な物も色々売っているだろう。早く行ってみたい。

フラメリウムへの期待を膨らませつつ、再び狩りに繰り出した。しかし、今回もゴブリンは見つからなかった。どうやら、いくらでもいるというわけじゃなさそうだ。だいぶ狩りまくったので、もしかしたらこの森のゴブリンは根絶やしにしてしまったんだろうか……いや、流石にまだ八日目だ。全部狩り尽くしたとは思いがたいけど、ちょっと心配になるな。

結局、今日の獲物は豹鹿一匹のみにとどまった。拠点に戻ると、草原での狩りを頼んだ低級ホムンクルス達が帰還していた。

なんと、シマコーンを二体仕留めていた。しかも、以前俺が森で狩ったシマコーンより大きい。きっと大人の個体なのだろう。このサイズならチョウ・タンだけでなく、俺達が食べる分も確保できそうだった。

早速低級ホムンクルス達に解体をしてもらい、焼いて食べる。肉は硬くて味はいまいちだった。俺的には、豹鹿の方がうまかったな。でもどちらにしろ、栄養ポーションよりはましだ！

アイナは美味しそうに食べていたが、マイナは硬すぎて噛み切れていなかった。必死にかぶりつく様子はちょっとおかしかったが、可哀想なことをしてしまったな。

馬は刺身にして食うとうまいんだが、まだ小さなマイナに、野生の馬を生で食わせる勇気はなかった。

食事を終えたあと、俺は寝る前に一仕事する。低級ホムンクルス達が鉄鉱石を集めてくれたので、アイアンインゴットを四つ生産する。さらにそれを素材にして、鉄のツルハシを二つ生産した。

これなら石のツルハシより耐久性があるし、鉄鉱石を採取する能率が上がるだろう。加えて、スキルレベルが14に上がった。あと1で15だ。今までのパターンなら、生産出来るレシピが増えるに違いない。

九日目と十日目はゴブリン狩りに費やした。まだ全滅してはいなかったようで、一安心する。ゴブリンから低級ホムンクルスを三体生産して、一体に拠点の防衛、二体に畑仕事のサポートをお願いした。これから領民を増やすとしたら、畑は広いほどいい。今のうちに十分大きくしておきたいところだ。

十一日目は栄養草と命の草がだいぶ溜まっていたので、栄養ポーションと生命力ポーションを生産した。命の草は全て生命力ポーションに、栄養草は栄養ポーションと種にする。生命力ポーション三十三個、栄養ポーション三十二個、栄養草の種を百個を生み出したところで、スキルレベルが15に上がった。

レシピノートが光を放ち、ページがぶ厚くなる。何回経験しても、新しく増えたレシピを確認するのはワクワクするな。

大きな家が作成可能になった。今住んでいるより一回り大きな家である。住民を集めるためには、家はまだまだ作成しないといけないので、この家もいずれ作ってみるつもりだ。

服、靴下、鎧、籠手、ジョウロ、網、釣り竿など一気に色々なレシピが増えた。しかし、現時点ではまだほとんどの物が生産できない。必要な素材を集められないからだ。特に、布や糸がないと作れないものが多い。

魔力ポーション、魔法の地図という、なんだか凄そうなレシピもあった。魔法の地図の説明を見ると、半径十キロ圏内の地図が自動的に描き出されるものらしい。元の世界の地図アプリみたいなものか。絶対便利なのでぜひ生産したいところだ。しかし聖水五個と魔力紙一枚という、入手方法がまるで分からないものが素材だった。

他には柵、防壁、タワーが生産可能になっていた。柵には木材、防壁には石材が必要だ。タワーは木材でも石材でも生産出来るようである。

アイナとマイナがやって来たことだし、領地——特に拠点の守りは堅くした方がいいだろう。柵じゃ頼りないし、防壁と石のタワーを作るか。

他に目を引くものとしては、中級ホムンクルスのレシピがあった。今生産しているのは低級ホムンクルス達だ。おそらく中級なら、さらに性能がいいのだろう。肉三十キロと、魔石が素材とされている。

低級ホムンクルスの生産に必要だったのは、小さな魔石だ。ということは、ゴブリンから取れるものより、大きい魔石が必要なのか？　ゴブリン以外に魔石が採取できる心当たりはないし、これもしばらくは作れそうにないな……

さらにホムンクルスのページはまだあった。『特殊ホムンクルス二号・レヴィ』が生産できるらしい。ただし、一号の『ベルフェ』を先に生み出さないとダメみたいだ。ベルフェと同じく大きな魔石が素材なので、これも作れない。

結局、新しいレシピの中で、現時点で生産可能なのは防壁だけか……ちょっとがっかりだが、防衛力を上げるのは重要なので、前向きに作っていこう。

今拠点にある石材だけでは数が足りないので、狩り係の低級ホムンクルス二体を、石材採取に回した。

一通り新レシピを確認し終えたところで、低級ホムンクルスが一体帰還してきた。何の役目を終えたのか、最初は分からなかった。

しかし、きょとんとしていた俺に低級ホムンクルスが告げてきたのは、まさかの言葉だった。

「町を発見しました」

おお！　ついに町を見付けたのか!!

……いや、でもちょっと早すぎないか？　探しに行かせてから、まだそんなに経ってないぞ？

ホムンクルスは不眠不休で動けるし、移動速度も速い。でも、それにしても早すぎる気がする。

ひとまず詳しい話を聞いてみよう。

「その町は何日くらいで行けるんだ？」

「何日で行けるかは定かでありません」

一体どういうことだろう。首を傾げていると、低級ホムンクルスが続ける。

「ワタシが見つけて来たもの、看板です。分かれ道に『この先、大都市フラメリウム』と書かれた看板、発見しました。比較的新しかったので、正しい情報の可能性高いと判断、戻ってまいりました」

なるほど、町自体を見つけたわけじゃないのか。『町そのものを見つける』という命令と『町の存在を見つける』という命令の区別が出来なかったのだろうか。

こんな風に俺の意図と違う命令の解釈が起きると、いつかなんらかのミスをすることがあるかもしれない……でも、今回は結果オーライだ。

「看板がある場所は、ここからどれくらいなんだ？」

「昨日の夜看板を見かけ、そこからついさっきここに到着しておりました」

低級ホムンクルスは休憩なしで走り続けられるから、人間が行く場合はもっと時間がかかるだろう。ただ、フラメリウムってことは、アイナの情報と合わせると実際に町まで行っても四日くらいの距離のはずだ。

しかし、町に行くとなると色々問題がある。まずチョウとタンをどうするかだ。アイナとマイナの最初の反応からして、懐かせる方法は広く知られていないようだし、多分猛獣として認識されてしまうだろう。なら町に入れてもらえるか分からないし、それどころか殺される危険性もある。

二匹がいてくれれば頼もしい護衛になるんだが……仕方ない。チョウとタンには留守番をしてもらうことにしよう。二匹は自発的に狩りも出来るから、俺がついていなくても、特に問題はないはずだ。

それから、旅に出るにあたっての食料だ。今栄養ポーションは五十一個ある。一日三回飲むとして、三人で九個消費する。ってことは、五日しかもたない。ただちょっと我慢すれば一日二回に抑えられるから、十日くらいならもたせられるはず。帰りはフラメリウムから、食料を仕入れればなんとかなるだろう……

一番の問題は、生命力ポーションが売れるかどうかだ。売れなかったらせっかくフラメリウムに行っても意味がないし、むしろ帰りに行き倒れになってしまう危険がある。

よし、まずはアイナに相談してみよう。

「フラメリウムに行くんですか？」

アイナが表情を曇らせたように見えた。やっぱりフラメリウムを出たことには、何か事情があるんだよな……少し悪い気持ちになる。

「ああ、明日くらいには出発したいんだ……行っても平気か？」

「そうですね……行きたくない場所があるので、そこさえ避けられるなら……」

アイナが憂鬱そうに言うので、俺は力強く頷く。

「もちろんだ。アイナやマイナが嫌なところに無理に行く気なんてない」

「お気遣いありがとうございます」

アイナがようやくほっとした表情を見せた……俺も胸をなでおろす。フラメリウムにアイナもついてきてもらえると決まったところで、色々気になることを尋ねていく。

「ところで生命力ポーションをフラメリウムで売りたいんだけど、いくらくらいになるか分かるか？」

「冒険者の方達が買うもので、私のような一般人には馴染みが薄いんですよね……だから正確には分からないのですが、そこそこ高価だと耳にした覚えがあります」

不確定な情報だから鵜呑み（うの）みには出来ない。でも、高く売れる可能性はありそうだ。それに値段はともかくとして、需要は見込めそうだ。これは行ってみるしかないだろう。

「よし、じゃあ準備をするか」

最初に持っていたリュックサックに、栄養ポーションを詰められるだけ詰める。それからアイナとマイナが攫われた時の袋に生命力ポーションも限界まで入れた。リュックサックは俺が背負い、袋は低級ホムンクルスに運ばせる。

低級ホムンクルス達は、俺と森で狩りをしていた二体、草原で狩りをしていた二体、鉄鉱石係の二体、そして町探し役の一体……合計七体を連れていくことに決めた。これだけいれば、道中の安全は確保できるだろう。

よし、これで万全だ。早速、明日の朝に出発しよう。

12 大都市フラメリウム

そして翌日——拠点を出発する前に、チョウとタンに暫しの別れを告げる。

「しばらくここを空けるから、留守は任せたぞ。餌は自分で獲れるよな？」

「「ガウ」」

二匹が深く頷く。こうして離れることになると、本当に頼もしい存在だなと感じる。

「もしこの領地を襲う奴がいたら追い払ってくれ。ただし、相手が強すぎる場合は逃げるんだぞ。お前達の命の方が大事だからな」

「「ガウガウ」」

チョウとタンは素直に返事をしてくれた。二匹とも賢いし、俺の言葉を理解してくれているから言いつけはきっちりと守るだろう。

領地はチョウとタン、それに防衛用の装備をさせた三体の低級ホムンクルス達に任せた。別れ際に「行ってくる」と告げ、アイナとマイナ、低級ホムンクルス七体と共に、俺は初めて領地を離れ、フラメリウムへと出発した。


「チョウちゃんとタンちゃんといっしょにいきたかったなぁ」

道中、マイナが呟いた。マイナはチョウとタンとはだいぶ仲良くなっていたみたいで、一時的とはいえ離れるのが辛いみたいだ。

「町に連れて行ったら、騒ぎになってしまうから仕方ないわ」

そう言って、アイナが慰めている。

領地を出発してから、数時間が経過していた。俺達一行は、看板を発見した低級ホムンクルスを先頭に歩いている。元々、体力のない俺ではあるが、狩猟に採取にと毎日森を歩いたおかげかずいぶん持久力がついたようで、長距離を歩いてきたが、そこまで疲れてはいない。

アイナとマイナ——特に幼いマイナが旅についてこられるか少し心配だったが、二人もフラメリウムを出て結構苦労してきたのだろう、余裕で歩を進めている。

外敵と遭遇することもなく順調に旅を続け、日が暮れてきたところで看板を見つけた。

「あ、この看板見覚えがあります！」

アイナが言った。フラメリウムを出て当てもなく彷徨っていたというから、途中ここを通っていてもおかしくはないか。

「ここからフラメリウムまでどれくらいかかった？」

「三日くらいですね」

やっぱりそのくらいなのか。なら栄養ポーションは十分足りるな。遠すぎる場所じゃなくて助かった。

さらに進んだところで、日が暮れて暗くなってきたので、野宿することにした。皆で栄養ポーションを飲む。寒かったので、焚火のそばで寝ることにした。襲われても対処できるように、ホムンクルスに寝ずの番を頼む。

結局敵が来ることはなかったが、野宿はきつい。地面が硬すぎてあんまり眠れなかった。一方アイナとマイナはぐっすりと眠れたみたいだ。一体、今までどんな生活を送ってきたのだろうか……

翌日——俺は疲労が抜けずにぐったりだったが、アイナとマイナが元気に歩いているのでなんとか気合を入れて頑張った。それにその日にはある程度慣れて、きちんと眠ることが出来た。

そして拠点を出発してから四日目——道の先に高い門が見えてきた。

「あそこがフラメリウムですよ！　町全体が防壁で囲まれているんです」

へえー、こんな遠くから見えるくらい堅牢な外壁があるなんて、大したものだな……俺の領地の草っぱらとは大違いだ……でも、それなら警備も相当厳しいんじゃなかろうか。

「誰でも町に入れるのか？」

「ええ、戦時中はそうはいかないでしょうが、今は平和ですから大丈夫ですよ」

意外とあっさりしている！　若干ゆるすぎる気もするが、それだけこの町の平和が長く保たれているということなのだろう。

俺達はそびえたつ門をくぐり、町へ入った。通りにはたくさんの人が行き交っている。人口はかなり多そうだ。看板にわざわざ『大都市』と書いてあったし、相当大きな町なのだろう。

異世界の町の風景はやはり独特で、人間ではない種族の者も歩いていた。緑色の皮膚(ひふ)をした身長のデカい奴がいるのだが、初めて見た時は魔物か!?　と肝を冷やしてしまった。アイナに尋ねたところ、「オーク」と呼ばれる種族らしい。元の世界知識では、オークといえば豚の魔物で、敵というイメージがあるのだが……この世界ではどちらかといえば温和で優しい種族のようだ。

他にもいろいろな種族がいた。アイナには俺の人相を怖がられたことがなく、理由が気になっていたんだが……こんな風に人間以外の種族がたくさんいる環境で育ってきたなら、俺の顔にそれほど強烈なインパクトを受けなかったんだろうな。

「懐かしいなぁ……って、ここを出て、そんなに時間が経ったわけじゃないんですけどね」

アイナが町並みを見て呟いた。

「そういえば、行きたくない場所ってどこなんだ？」

「えーと……貧しい人が住んでいる区画があるんですが、そこには行きたくないです。この門からはかなり遠い位置にあるので、行くことはないと思いますけど」

……もしかしてアイナとマイナはそこに住んでいたのだろうか。そこで何かトラブルが起きて、町を出ざるを得なくなったということか？　うーん、嫌な思い出があることには間違いなさそうだし、今は深く聞かないでおこう。

「とりあえず市場に行こうか、場所知ってる？」

「はい、案内しますよ」

アイナにつれられて、俺達は市場へと向かった。

その途中、歩いているだけで物凄く目立つ、煌びやかな服を着た集団とすれ違った。女性ばかりなのに、中心に一人だけ男がいる……って、あの男、坂宮じゃないか！

あのイケメン顔を見間違うはずがない。制服ではなく、中世ヨーロッパの貴族みたいな豪華な身なりをしている。女に囲まれて実に楽しそうだ。まさか、あいつがフラメリウムの領主になっていたなんて……というか、強引に取り換えられなければ、俺がこの都市の領主だったのか⁉

俺と違ってなんの苦労もなく異世界を楽しんでいる様子に、正直腹が立った。

坂宮がこちらに向かって歩いてくる。文句の一つでも言ってやろうと思ったが、ぐっと堪える。

奴の中で、俺は犯罪者と決めつけられている。最低の領地に飛ばされて死ぬはずだと思い込んでいるだろうが、生きていると分かれば何をされるか分からない。

まがりなりにも坂宮は今はフラメリウムの領主だ。俺を捕まえて牢屋に入れたり、処刑したりする可能性だってある。

俺にも低級ホムンクルス達がいるとはいえ、流石に勝ち目はない。

「ちょっと、こっち来て！」

俺はアイナとマイナを引っ張り、路地に隠れた。

「どうしたのおにぃちゃん」

「ごめん、ちょっとだけ待ってくれ」

二人は不思議そうな顔をしていたが、俺の必死な様子に何かを察したのか、詳しい理由は聞いてこなかった。俺は物陰に隠れたまま、坂宮をやり過ごす。坂宮は女性達と喋るのに夢中で、こっちにはまるで気付いていないようだ。ほっとしていると、坂宮の会話が耳に入ってくる。

「――それでさ、女の服を盗んだ男がいたんだよ。凄い人相の悪い男だったんだが、実際とんでもない悪人だったたってわけさ」

「その方はどうなりましたの？」

「俺が天罰を下してやった。今頃どっかで野垂れ死んでるかな？　まあ、当然の結果だけどな」

俺は怒りで我を失いそうになる。ふざけんなよ……何が天罰だ……飛びかかって殴りたい衝動が湧いてきたが、なんとか抑える。ここで殴りかかってもいいことは何もない……今の俺は一人じゃなく、アイナとマイナがいる。拠点にはチョウとタンも待ってる……拳を強く握りしめ、坂宮達が通り過ぎるまで耐え抜いた。

「あの、ゼンジさん……」

怒りのあまり、凄い形相になっていたのだろう。アイナとマイナは怯えた様子だ。

「ご、ごめん。ちょっとお腹が痛くなって……」

俺は咄嗟にお腹を押さえるポーズをする。

「ま、まあ大変」

「あ……もう、良くなった。なんだったんだろうな、アハハ」

バレバレだったかもしれないが、俺が笑うと二人共安心したように笑顔を見せてくれた。

……とにかく坂宮だけは、どうしても見返してやらんと、腹の虫がおさまらない。そのためには、生産スキルで生み出したもので、物資を手に入れていくしかない！

決意を新たにした俺は、アイナの案内で市場へ向かった。

市場はとても賑わい、種族も年齢も様々な人々でごった返している。フラメリウムで一番活気のある場所だそうだ。

俺は早速ポーションを売りさばこうと、近くにいた商人風の男に取り扱っている店を尋ねる。

「ポーション？　なら冒険者御用達の『アーシャン』って店があるから……ってかあんた、ホムンクルス連れてんのか、珍しい。ポーションも錬金術で作れるもんだし、そんな格好して高度な錬金術師なのか？」

「え？」

ポーションやホムンクルスって、本来は錬金術で作るものなのか。高度って言うくらいだから、簡単には作れないんだろうな。生産スキルって、もしかして凄いものなのか……？

「なんだ、違うのか？　てっきりそうだと思ったが。あれか、錬金術師のパシリってわけか」

予想外の情報に驚いて黙っていたら、なにげに馬鹿にされた。それも違うが否定するのも面倒だったので、反論はしなかった。店の場所も聞かないとだしな。

アーシャンの場所を聞いて、お礼を言って別れた。

アーシャンは看板が出ていたのですぐ分かった。外装は古びていて決して華やかな店ではないが、どっしりと落ち着いた店構えで老舗(しにせ)という雰囲気を感じる。

「いらっしゃい」

中年の男がカウンターに立っていた。店中に棚が置いてあり、色々な道具が並んでいる。その中には、生命力ポーションもあった。だが、色が少し違う。俺のポーションは真っ赤だが、これは薄いピンク色だ。

ちなみに、栄養ポーションは見当たらなかった。冒険者に携帯食として需要がありそうなのに、あまり出回っているものではないのか？

「ここで生命力ポーションを買い取ってくれるか？」

俺は早速本題を切り出した。

「ああ。生命力ポーションは需要があるから、ドンドン買い取るよ。ランクはなんだね？」

「ランク？」

初めて聞くワードが出てきたぞ。ランクなんて気に留めたこともなかった。

「なんだ、知らないのか。生命力ポーションはFからSまでのランク付けがあるんだ。Sなら最高級品だが、ランクが低ければ低いほど売値も買値も安くなるぞ」

え、そんなこと言われても分からないんだが……戸惑っていると、男が肩をすくめる。

「色の濃さで見分けるんだよ。まあ、俺が見た方がはえーから出してみな」

俺は素直に生命力ポーションが入った袋を渡す。

「こんなにいっぱいかい！　どれどれ……!!　Aランクじゃないか！　これもこれもAランク……全部Aランクの品じゃないか。こいつは凄いぞ。Aランクは上級の冒険者が使うような代物(しろもの)だからねぇ。一個二万ゴールドで引き取ろうじゃないか」

二万……？　ピンとこない俺の横で、アイナが「えええ!?」と叫び声をあげる。

「高いのか？」

「大金ですよ！　二万ゴールドあれば一年は生活できます！」

「お嬢ちゃん、それは大袈裟だろう。まあ、一般人の一か月の収入くらいではあるけどな」

また一瞬アイナの闇が垣間見えた気がしたが、まあそれは置いておいて……結構、いや相当高価な代物じゃないか！　だって一個だぞ。ポーション一個で普通の月収くらい稼げるってことか？

「本当にポーション一個がそんな値段なのか？」

「こいつを買う上級の冒険者はスゲー金持ちなのさ。一回のダンジョン攻略で大量に消費するから需要は高いが、作れる錬金術師が少ない。だから値段がつり上がるんだよ。ところで、あんたホムンクルスを連れているし、凄腕の錬金術師なのかい？」

また似たようなことを聞かれたぞ。やっぱり生産スキルって、凄い可能性を秘めているのかもな。

「いや違うが……これ全部買い取ってもらえるか？」

「全部はうちの持ち金じゃ無理だ。十五個なら買えるぜ」

俺は即決でポーションを売り、計三十万ゴールドを手に入れた。

13　買い物

三十万ゴールドは一つの革袋に入りきらず、三万ゴールドの入った袋を十個渡された。アイナは袋の中身を覗き込み、目を丸くしている。

「きんきらだぁ……」

「も、物凄い大金です……ゼンジさん、大金持ちですね！」

二万が一般人の月収程度と言ってたから、三十万ゴールドは一般人の年収を少し超えたくらいなのだろう。日本の感覚でいうと五百万円くらいだろうか？　それだけあれば、相当色々買えそうだ。

別の店で残りのポーションも売ってもいいが、今回はこれだけあれば十分だ。ゴールドは重いしかさばるので、これ以上売っても持ち帰れる品物が少なくなってしまう。

「よし、まずは布だな。服は生産スキルで作れるから、素材だけ手に入れよう。それから野菜を買って、種にしたいし……二人は他に何か欲しいものある？」

「え、私ですか？　でも、ゼンジさんのお金なのに……」

「いや、これは俺の金ってより、領地にいる皆の財産にするつもりなんだ。だからアイナとマイナのお金でもある」

「ええ!? 悪いですよ、そんな大金！ 私何もしてないのに」

「いやいや、アイナも働いてるだろ。俺だけのために使う方が悪いよ。話してなかったけど、俺はあの領地にもっと人を集めて、村を作って、いずれは町にするつもりなんだ。これはそのための資金でもある」

「町、ですか……確かに私達だけでは少し寂しいですもんね」

「だろ？ どうすれば集められるのか、まだ分かんないけどな」

まあ、今の拠点の状態ではたくさん人が暮らせないので、今すぐにやるつもりはない。家を増やしたりしてから、人を集める方法を考えよう。

「それは置いといて、アイナとマイナの欲しいものを言ってくれ」

「私は……やはり服でしょうか、それとベッドとか……」

「マイナは、つえがほしい」

つ、杖？ 意外な物をリクエストされた。

「マイナはなんで杖が欲しいんだ？」

「まほうつかえるようになりたいから。おかぁさんみたいになりたい」

杖って、魔法の杖のことか。そんなものが存在するんだな。というか――

「え？ お母さんは魔法使いだったのか？」

アイナとマイナの家や両親については、なんとなく触れてほしくなさそうな雰囲気を感じて聞かないままでいたが、魔法使いだったのか……アイナが憂鬱そうに口を開く。

「確かに母は魔法使いでした……マイナは母に会ったことないんです。だから、憧れてて」

「そうなのか。アイナは――」

「母と関わったことある人で、母に憧れている人なんて絶対にいませんよ」

穏やかなアイナが珍しくぴしゃりと言う。つまり、性格に難があるんだろうか。二人の話からの予測にすぎないけれど、もしかして二人を放りだしてどこかに行ってしまったんだろうか。

「魔法には杖が必要で、とても高価なんです。初心者用の安い杖でも一万ゴールドはします。そんな高い品物、まだ小さいマイナには不相応ですよ！」

「いや、でも魔法をやりたいってんなら、やらせてあげたいな。三十万あるし、一万ゴールドくらいは使ってもいいさ」

「かってくれるの？　やったー、ありがとうおにぃちゃん！」

「ゼ、ゼンジさん！　本当にいいんですか!?」

「いいよ。二人には畑仕事もしてもらってるしな」

「あれは住まわせてもらっているお礼じゃないですか。ここまでしてもらうわけには……」

「てか、今からダメって言ったらマイナ泣いちゃうぞ」

「うぅ……」

マイナがうるうるした目で見上げてくるので、結局最後にはアイナも折れた。

こうして、俺達は買い物を始めた。まずは買ったものを入れる箱を購入した。最初はリュックサックと袋で十分だと思っていたが、これだけの大金で買い物するとなると、間に合わないだろう。箱に入るだけ買って、低級ホムンクルス達に運ばせるつもりだ。ただ護衛が薄くなるのは心細いので、二体で一箱を運ばせるつもりで二箱にした。

まずは布と糸を購入し、試しに服を生産してみた。男ものと女もので別のデザインを作ることが出来た。男ものはシンプルな上着とズボン、女ものは素朴なデザインのワンピースだった。服などの身につける物はレシピからサイズを選べたので、アイナとマイナに合いそうなものを作って渡した。

「可愛い服ですね！　ありがとうございます！」

「おにぃちゃんありがとう」

今のところデザインは一種類だけだが、着替えとしてもう一着ずつ生産する。

あとはベッドと毛布を生産するため、羊毛と布を購入する。羊毛は意外と値が張ったが、今回は問題なく買えた。あとは拠点の木材があれば念願のベッドを完成させられる。ベッドはダブルとシングルのレシピがあり、ダブルは一・五倍の素材で生産出来る。俺にはシングル、アイナとマイナにはダブルを作るつもりだ。

それから野菜が売られている市場に向かったが……流石、異世界。知らない野菜ばかりだ。形はニンジンでも俺からしたらへんてこな青色のものや、形からしてなんじゃこりゃと言いたくなるものもあった。

アイナの話によると、『ロズ』という実が美味しいらしい。野球ボールくらいの大きさで、硬い緑色の殻（から）に覆われており、中に黄色い種が大量に入っている。フラメリウムではこのロズの種を主食にしているようだ。ロズは種を植えて普通に育てるだけで、数か月後に成長しきって複数の実を付けるらしい。なら、生産スキルで種にする必要はなさそうだな。そんなわけで、ロズを二十個買う。

それから青いトマトのような野菜『ミンフス』と、甘い味の四角いピンク色の実『ラクラ』、どっちも二十個購入し、種をそれぞれ四十個生産した。この二種類も特別な世話をしなくても生えてくるそうだ。季節的にも今育つ植物のようである。栄養ポーションが残っているので、帰りの食料は気にせず、全て種にする。

ここまでで四万ゴールド使い、箱にも余裕がなくなってきた。よし、ここらでマイナに魔法の杖を買ってあげるか。


「いらっしゃい……」

魔法道具店を訪れると、店員らしき老婆が陰気な声で言ってきた。

老婆だけじゃなく店の雰囲気も薄暗い。棚には得体のしれない怪しげなもの、気味の悪いものがいくつも置いてあった。不気味な商品の中から、なんとか『魔法の杖』のコーナーを探し当てる。

先端に宝石のようなものがついた木材の杖が並べられていた。

「マイナ、これがいいー」

何本かの杖の中から、一番豪華な杖をマイナが指さす。装飾も凄いがサイズがかなり大きく、マイナに持てるか心配だ。

「出来ればマイナの欲しいやつを買ってあげたいけどさ……それは大きすぎないか？」

高価な買い物なので、買ったのに使えませんでしたじゃ元も子もないしな。ここは慎重に選ぶべきだ。

でも俺には選び方はさっぱりなので、老婆の意見を聞いてみることにした。

「この子用の杖がほしいんですけど、どれがいいですかね？」

「ずいぶんと小さい子だね。初心者かい……？」

「ええっと……そうなのか？　魔法使ったことないんだよな？」

「うん、ないよ」

一応確かめてみたが、やっぱり憧れているだけで、まだ使ったことはないんだな。

「ちょっとこれを見てごらん……」

老婆がおもむろに鏡を持ってきた。マイナは言われた通り、鏡を覗き込む。すると、鏡の色が赤く変化した。

「炎属性かい……なら、これだね……『初級火の杖』……」

老婆が赤い宝石の付いた杖を差し出した。

人にはそれぞれ魔法の属性があるんだろうか。それをさっきの鏡で判別した……みたいな感じか？

「呪文は知ってるかい……？」

「呪文は私が知ってるので、教えられます」

老婆の問いにアイナが答える。母親にいい思い出はなさそうだったが、いっしょに暮らしていたから、呪文の知識はあるんだろう。

「一万二千ゴールドのところ、九千ゴールドに負けてあげるよ……」

マイナの可愛さのおかげか、なぜか割引してくれた。買った杖を手にして、マイナは大はしゃぎだ。

「やったー、つえだー！」

「マイナ、ゼンジさんにありがとうを言いなさい」

「うん、おにぃちゃんありがとう！」

マイナの喜ぶ顔に満足して店を出ようとしたところで、あるものが目に留まった。

七芒星が描かれている黒い石――これ、レシピノートで見た『魔石』じゃないか!?

間違いない。低級ホムンクルスの素材である『小さい魔石』じゃなくて、ワンランク上の『魔石』だ。これがあれば、中級ホムンクルスが作れる。

じっと眺めていると、老婆が声をかけてくる。

「あんた、魔石が気になるのかい……まあ、ホムンクルスを連れてるくらいだからね……」

「これ、いくらですか？」

「一個二千ゴールドだよ……十個ある……買ってくかい……」

全部で二万ゴールドか……決して安くはないが、中級ホムンクルスの生産を進めるためだ。

「全部買います！」

「毎度あり……」

ついに手に入れられた……町に来た甲斐（かい）があったな！　魔石を抱えて達成感に浸っていると、アイナが覗き込んでくる。

「それ、ホムンクルスちゃんの材料ですよね。いつもより大きい気がします」

「ああ。これを使えば今作っているのより、高性能なホムンクルスが作れるんだ」

「今のホムンクルスちゃんも凄く働き者なのに、それより高性能なんですか⁉　ますます私の存在意義が……」

アイナが凹（へこ）んでいる。いやいや、ホムンクルスも確かに凄いけど、命令なしに自発的に行動することはできない。人間にしか頼めないことも多いんだから、アイナが落ち込む必要はないんだけどな。

「あ、そうだ！　これより大きい魔石ってありませんか？」

思い出して、慌てて尋ねた。そうだよ、特殊ホムンクルスも生産したいんだ。アイナと魔石の話をしなきゃ忘れるところだった。

「大きい魔石かい……？　あるよ……」

「本当ですか⁉　いくらでしょうか？」

大きい魔石まで取り扱いがあるのか！　思わず身を乗り出すと、老婆が暗い顔に笑みを浮かべる。

「五十万ゴールド……」

「「高っ⁉」」

俺とアイナは同時に叫んだ。ただの魔石は二千だったのに、跳ね上がりすぎだろ！

「大きいのは滅多に取れないからね……買うかい……？」

「う一ん……」

残念ながら、今の残金じゃ買えない。しかし、それだけ高価な素材が必要となる特殊ホムンクルスに、ますます興味が湧いてきた。この調子ならポーション売ってバリバリ金を稼げそうだし、いずれは五十万払うくらいの余裕が出来るんじゃなかろうか。

「今は買えませんが、いずれ絶対欲しいんです。取り置きとか出来ませんか？」

「んー、早い者勝ちさね……でも頻繁に欲しい奴が現れるもんじゃないから、そう売れはしないと思うよ……」

取り置きはしてくれないのか……まあ、初めて来店した奴がまた来る保証なんてないし、普通そこまでサービスしないよな。とにかく、売れ行きのいい商品じゃなかったことが救いだ。ゴールドが貯まったらなるべく早く買いに行こう。

これで現在必要な物はあらかた買った。箱の容量も限界に近いし、ここらで終わりにするか。この世界にある品物や店のことが分かったし、何か必要になったら、またフラメリウムに買いにこよう。

ただ、最後に確認したいことがある。ホムンクルスだけで買い物に行かせても、取引に応じてくれるのかどうかだ。ホムンクルスは不眠不休で平気だから、俺達より移動が速い。ホムンクルスにやってもらった方が効率がいいからな。

最初に行ったアーシャンに立ち寄り、尋ねてみる。

「ホムンクルスだけでも、会話が出来んなら大丈夫だ。恐らくほかの商人も同じ考えだと思うぜ」

念のため別の店でも質問したが、問題ないようだ。ならこれからは低級ホムンクルスに町に行かせてポーションを売り、必要物資を買ってきてもらう形でもいいな。中級ホムンクルスを生産できたら、さらに早く往復できるかもしれない。変な詐欺(さぎ)に引っかからないか心配ではあるが……

目的は果たせたので、宿で一泊した。久々のベッドだ……

14　難民

翌日——意気揚々とフラメリウムを後にする。ところが門を出た途端、ボロボロの服を身につけた集団が座っていた。大人が八人、子供が二人いる。大人は全員、若い女性のようだ。子供は男の子と女の子が一人ずつ、どちらもマイナと同じくらいに見える。

全員沈んだ表情をしており、座っているというより、疲れ果てて動けない様子だ。事情がありそうだが……俺は知らない人に積極的に声をかけられるタイプじゃない。どうしようか迷っていると——

「あの、どうされたんですか？　立ち入ったことかもしれませんが、お困りみたいだったので……もしかして、行く当てがないとか……？」

アイナが声をかけてくれた。

「……そんな風に心配してくれるなんて、あなた方も難民なのですか？」

やつれきった女性の一人が尋ね返してきた。

「え？　難民、ではないですね。でも私もちょっと前まで、似たような感じだったんです。あの、皆さんは何があったんですか……？」

アイナの親身な問いかけに、女性が口を開く。

「数日前……最近噂になっている『ブラックドラゴン』に村を襲撃されたのです。村の男達は私達を逃がすため、囮となって殺されました。女子供だけで逃げたので、道中で魔物にも襲われ、生き残ったのは私達だけ……もうお金も住む場所もなくて……この町で救済してもらえるよう頼んだのですが、断られて途方に暮れています」

ブラックドラゴン――この世界には、ドラゴンがいるんだな。しかも、聞く限り超危険そうだ。

それよりも、この人達もアイナ達と同じく行く当てがないらしい。俺の領地で受け入れてみるか？

留守中も木材集めを続けさせている。出発前に鉄の斧を生産しておいたので、かなりの量が集まっているはずだ。家を増やすくらいの余裕はあるだろう。食料も栄養草の採取を頼んでおいたから問題ない。十人くらいならなんとかなりそうだし、領民を増やすという俺の目標のためにも、お互い損はないはずだ。

「ゼンジさん、この人達を領地に呼んではどうでしょう？」

「俺もそう考えてたんだ」

あ、でも待った。領地に戻るのには四日かかる。この人達は食料を持っているだろうか？　今持っている栄養ポーションは俺達の分しかない。

「食料ですか？　五日分しかありません。これでは次の町に行くことも出来なくて……」

女性はうなだれて言う。五日分あるなら問題ないから良かったが……俺の領地ってまだ全然町として認知されてないんだな！　といっても、つい何日か前までただの草っ原だったところに、家が二軒建ってるだけだから当たり前か……でもこの人達を招くことで、さらに一歩前進出来る。

「あの……俺は鳥島善治と言います。行く当てがないなら、俺の領地に来ませんか？　実は人を集めて、村を作ろうと思っているんですよ」

女性達が一斉に胡散臭いものを見るような目を向けてきた。まあ、当然だよな。人さらいもいる世界なんだし、いきなり信用するのは無理だろう。

そこへ、アイナがフォローを入れてくれる。

「ゼンジさんはいい人ですから、心配いりませんよ！　私も元々暮らしていた場所にいられなくなって彷徨っていた時、盗賊に攫われて……それをゼンジさんが助けてくれて、領地に暮らしているんです！」

同じ女性であるアイナが熱心に説得してくれたおかげか、徐々に女性達の警戒が解けてきたみたいだ。

「あの、本当に私達に居場所を与えてくれるんですよね？　嘘じゃないですよね？」

「約束します」

俺が固く頷くと、女性が決心したように言う。

「分かりました。私達には行く当てなどありません。あなたを信じましょう」

こうして難民達を俺の領地に連れていくことになった。

帰る途中で、狼に遭遇する。四匹に襲われたが、ホムンクルスがあっさりと撃退し、そのうち二匹を仕留めた。ちょうどいいから、俺は中級ホムンクルスを生産してみることにした。

素材は町で買った七芒星の魔石と、三十キロの肉だ。

ノートを開き、中級ホムンクルスのレシピを探す。かなり厚くなってきたので少し時間がかかった。『作る』の文字に触れると、目の前に中級ホムンクルスが現れた。

低級ホムンクルスをそのまま大きくしたような外見で、身長は百三十センチ前後だ。続けてもう一体生産する。

出来ることを尋ねると、低級とさほど変わらないようだった。ただ、使える魔法の威力はレベルアップしているらしい。ファイアーランス、ウォーターキャノンの二種類で、使える回数も十回に増えていた。

ちなみに、寿命は八十日——低級ホムンクルスよりは長生きだが、それでも儚い命だな……ただ、もし戦いになったらかなりの働きを見せてくれそうだ。魔石は残り八個ある。早めに八体生産したいところだ。

俺が生産スキルを使うところを見て、難民の人達は驚いたり怖がったりしていた。アイナも言っていたが、スキルは一般的なものではないらしい。

危険はないと説明した流れで、チョウとタンのことが頭をよぎった。あの二匹にも、いきなり会わせたら驚かれるだろう。一応話してみたが、半信半疑な反応をされる。虎が人に懐くというのは、やっぱりこの世界ではかなり珍しいことみたいだな……

領地に着くと、チョウとタンが嬉しそうに駆け寄ってきた。難民の人達は俺が襲われているように見えたらしく、ぎょっとしていた。しかし二匹が俺にのしかかって顔を舐める様子から、本当に懐いているのを理解してさらに驚きを深めていた。

ただし難民の中でも、子供達の二人はチョウとタンに興味津々だった。マイナと同じく、警戒することもなく分厚い毛並みを撫でていた。

一息ついたところで溜まった木材を確認すると、かなり量があった。よし、これなら作れそうだ。

俺は大きい家を一軒生産する。

「ええ!?　家がたった数秒で!?」

「嘘!?」

『大きな家』は初めて作った。俺が使っている『普通の家』の倍くらいの大きさだ。材料に余裕があるので、さらにもう一軒生み出す。

「ゼンジさん、凄いですね……」

難民の人達は呆然として口にした。

「まだ二つしかないけど、家は自由に使ってください。木材が溜まったらあと二軒くらい増やしますよ」

「あ、あの、この二軒があれば十分です……ここに住んでいいんですか？」

俺が頷くと、難民の人達は拝むようにしてお礼を言ってきた。

「ありがとうございます。ありがとうございます……」

「このご恩は、働いて必ず返します……」

涙を流している人すらいる。相当しんどい目に遭ってきたのだろう……異世界は日本のように甘い環境ではないようだ。

それから、念願のベッドを生産する。作れる数は二つだ。

一つは俺用と思っていたのだが、難民の子達にあげることにした。シングルベッドだが、子供二人なら寝られる。もう一つのダブルベッドは、予定通りアイナとマイナに使ってもらう。

夢だったふかふかのベッドで寝られると、素材を町で買った時は興奮していたんだが……次の楽しみに取っておこう。

戻ってから色々やることが山積みだ。

まずポーション作りだ。とても数えきれないくらいの栄養草と命の草が採取されていた。

栄養草は全て栄養ポーション、命の草は半分を生命力ポーション、残り半分を種にする生産を行う。命の草は金になると分かったので、大量に栽培しておきたい。今畑で育てているのは、全部栄養草だからな。

栄養ポーションは二百二十個生産出来た……ってことは二千二百本もあったんだな。あとでホムンクルスに聞いたら、栄養草の群生地を見つけてくれたとのことだった。

続けて生命力ポーションを二十個、種を四百個生産した。これで生命力ポーションの合計は三十五個だ。全て売れれば七十万ゴールド手に入る。スキルレベルも一気に18まで上がった。

俺がポーション生産に取りかかっている間、皆には他の仕事をこなしてもらった。

低級ホムンクルスに村を防衛させ、中級ホムンクルスとチョウとタンに、それぞれ別の場所へ狩りに行ってもらった。ちなみにチョウとタンは俺達がフラメリウムにいる間もゴブリンを狩り、小さい魔石を十二個も採取してくれていた。俺が魔石を欲しがっているのをちゃんと分かってくれていたようだ。なんて賢いんだ、お前達……

難民――もとい新しい領民の皆には畑仕事をお願いした。今までは低級ホムンクルス達にも補助させていたが、これだけ働き手が増えたら畑仕事を頼む必要はなくなるだろう。女性達は元々、村で畑仕事をしていたという人が多く、ありがたいことに町で仕入れたロズ、ミンフス、ラクラを育てた経験もあるそうだ。

一方、畑が大きくなったことで、水の消費量も増える。川から水を引ければ一番いいんだろうが……正直凄い手間がかかりそうだ。水運びの速度から推測するに、水源の位置は遠そうだからな。

今はまだそこまで大量の水は必要ない。水汲み係のホムンクルスを増やせれば、なんとかなるはずだ。とはいっても、おいおい水を引く準備をしていこう。

水を溜める容器があれば便利かと思い、適当なレシピを探す。『大きな樽』というのが見つかった。試しに二十個生産してみた。これだけあれば当面は大丈夫だろう。

生産しているうちに、チョウとタンが戻ってきた。豹鹿二体を狩ってきたようだ。なかなか大物で、食べるよう促したが首を横に振られた。腹が減っていないみたいだ。

自分達の食事は現地で済ませ、俺に渡す分だけ運んできたのだろうか？　よし、じゃあこいつを使って、まずは低級ホムンクルス達を増やすか。

豹鹿一匹から七体生産出来た。五体に水汲みをさせ、二体には木を伐ってもらう。用水路を造るかどうかはともかく、水源までの道を整備しておいた方がいいだろう。

もう一匹の豹鹿で、中級ホムンクルスを二体生産した。二体にはフラメリウムに取引に行ってもらう。運搬用として低級ホムンクルス四体も追加し、計六体で町へ送り出した。ホムンクルスは不眠不休で動けるので、何もなければ六日ほどで戻ってくるだろう。

彼らに預けたのは生命力ポーション十個と五万ゴールドだ。

ポーションを売ってこさせるのが一番の目的だが、もしも売れなくても買い物が出来るよう、保険として五万ゴールドを持たせた。この前取引したアーシャンは、資金不足でまだ買い取りしてもらえない状態だろうからな。買ってくるよう頼んだのは、羊毛や布などのベッドを作る素材と、それから食料だ。

俺は用意の整ったホムンクルス達を領地から送り出す。初めて作った低級ホムンクルスをおつかいに行かせた時と違って、キャラバンを見送るような頼もしさを感じていた。

そんなことをしているうちに、狩りに行かせていた中級ホムンクルス達も戻ってきた。中級ホムンクルスに狩りを頼んだのは初めてだが、見事に大人のシマコーンを二匹仕留めてきた。デカくて重そうなのに、当たり前のように担いでいる……かなり力がありそうだな。

このシマコーンで中級ホムンクルスを増産した。一匹につき三体生産出来たので、ちょうど魔石を使い切る。スキルレベルは19まで上がった。あと1で20だ。またレシピが増えるのかな。

この中級ホムンクルス達にも早速仕事を頼む。二体は拠点の防衛に加わってもらい、残り四体は、先発の取引部隊に続けてフラメリウムに行かせることにした。

先発隊と同じく、生命力ポーションと五万ゴールドを持たせ、色々な物資の調達を指示した。案内のため、最初に町に行ったホムンクルス一体も同行させる。

バタバタ働いているうちに夜になり、新しい領民の皆も加えた全員で夕食となった。渡したのは栄養ポーションだ。ストックが二百個あるし、栄養草の群生地が見つかったので、しばらく食料は心配ないだろう。

今回も栄養ポーションの味を気にする人は誰もいなかった。やっぱ、俺の味覚が変なのか……？

「あの、ゼンジさん……本当にありがとうございます。私達、本当に困り果てていて、あのままでは生きていけるかも分かりませんでした……住む場所と食べる物をいただいて、感謝してもしきれません」

そうお礼を言ってきたのはマリーナだ。難民の皆と共に領地に戻る途中で、全員と自己紹介は済ませてある。

マリーナは真面目な性格みたいで、頭も良く女性達のリーダー的な存在だった。村から逃げた時も彼女がどうするかの方針を決めていたようだ。フラメリウムの門で俺達と受け答えをしていたのもマリーナだ。

マリーナが俺に信頼を寄せてくれたことで、最初は慣れない境遇に不安げだった女性達も落ち着きを取り戻してきた気がする。これからは一緒に暮らす仲間として、協力しあっていけるといいな……

食事中は他の女性達とも話して、少しは打ち解けられた気がする。

一段落ついたところで、俺は一度体を水で洗い、服も新しいものと取り換えることにした。昼間作った樽にはすでに水が溜まっている。農業用だけでなく、生活用にも使うつもりだ。

女性だらけなので、家の裏側に隠れて水浴びをする。今まで着ていた制服は……もうボロボロなので捨てたほうがいいだろう。やっと着替えられるのは嬉しい。ただ、問題は下着がないということだ。

今のレシピには下着がないのだ。元々のやつは、今の今までずっと穿(は)きっぱなしだったので、表現を控えたいくらいの状態になっている。それでもなんとか水だけで洗濯した。びしょ濡れのまま穿きたくないので、今日はノーパンだな……

アイナとマイナも俺と同じく、家の陰で水浴びし、服を取り換えるようだ。ちなみに新しい領民達は替えの服を持ってくる余裕などなかったようで、ホムンクルス達が布を買ってくるまではそのまま過ごしてもらうことになった。

そういえばアイナもノーブラノーパンになってしまうのか……？　というか、そもそもこの世界に下着ってあるんだろうか。元の世界の中世っぽい感じなので、そもそも庶民は下着なんて穿いていないという可能性も……はっ、ダメだ。ただでさえ顔の悪い俺が、女子を変な目つきで見ようものなら、その時点でガチの犯罪者である。

そそくさと新しい服を身につけた。パンツがないので若干落ち着かないが、着心地は悪くない。パンツについては見られるのが恥ずかしいので、目立たない場所で乾かすことにした。木の物干し台を生産し、家の裏に置いて干す。

着替え終わって戻ると、アイナとマイナも新しい服を着ていた。二人も元々の服はもうボロボロなので、捨てるようだ。

俺は散々迷った挙句、不便があったら困ると思い、キョドりながら下着のことを尋ねる。

「やだなぁ、庶民は下着なんてつけませんよー」

当たり前のことのように返された。特に恥ずかしがっている様子もないので、下着をつけないのは当然のことのようだ。つまり、アイナはやはりノーパン……というかここにいる女性達は皆……

駄目だ駄目だ！　俺は首を横に振る。

「どうしたんですか、ゼンジさん」

「い、いや、なんでもないぞ。もう眠くなったから俺は寝る。おやすみ」

俺は急いで家に戻った。

15　新たなホムンクルス

それから十数日経過し、その間にも色々なことがあった。

まずスキルレベルが20になった。20になって生産出来るレシピがさらに増加する。しかも今回はノートのページが増えるのではなく、レシピノート2という新しいノートが出現した。

新しく生産可能になったのは荷車、馬車、クロスボウ、クロスボウ用の短矢（ボルト）、水車、風車、コンパス、ロウソクなどだ。実用性も、作る難度も高いものが多い印象だ。下着も作れるようになっていて心からホッとした。これで領民の皆がノーパンにならずに済む。

また、ホムンクルスの種類が一気に増えた。『馬ホムンクルス』、『近接ホムンクルス』、『遠距離ホムンクルス』、『魔法ホムンクルス』のレシピが追加されている。

馬ホムンクルスというのは、どうも馬の形状をしたホムンクルスのようだ。馬車のレシピがあるので、馬ホムンクルスを生産して馬車が使えるようになれば、物資の運搬が段違いに楽になるだろう。

てか、ホムンクルスって人造人間という意味だった気がしたが……馬の形のものが作れるなら、この世界のホムンクルスの定義は、人造生命体なのかもしれないな。

他の三種類のホムンクルスは、それぞれ戦闘に特化しているみたいだ。『戦い以外に関する命令は出来ない』と説明に書かれていた。

戦闘特化ホムンクルスは、どれも魔石と肉三十キロが必要なようだ。馬ホムンクルスのみ、肉が二百キロ必要らしい……他よりサイズが大きいんだろうな。

魔石はフラメリウムに行かせたホムンクルス達に頼んである。帰還した時すぐに馬ホムンクルスを生産出来るよう、狩りをして肉を大量に溜める。多少鮮度が落ちていても使えるだろうから、かなり乱暴ながら、物置用の小屋にとにかく獲物を放り込んでおいた。

新しい領民用の家の後、馬車を生産した。馬車といっても色々な種類があり、レシピから作るものを選択出来た。俺が選んだのは、荷物運搬用の大型の馬車だ。素材は木材以外に動物の革が必要で、シマコーンの革を使った。実際目の前に現れるとかなり大きく、軽トラの荷台レベルに物が積めそうだったため、一台だけにしておいた。

それから数日後、フラメリウムに行かせた先発隊のホムンクルス達が領地に戻ってきた。買ってきてくれた素材を使ってベッドや服の生産を進めたが、まだ全員分には足りていない。後発隊の到着を待つしかないな。

魔石を手に入れてくれていたので、念願の馬ホムンクルスを一体生産した。

現れたのは黒色の馬だった。普通の馬より大人しく、命令にも完璧に従ってくれる。なんといっても言葉を話せるからな……意思疎通しやすいので助かるのだが、最初はぎょっとしてしまい、慣れるまでに少し時間がかかった。

余った肉で、近接ホムンクルス、遠距離ホムンクルス、魔法ホムンクルスもそれぞれ生産した。どれも中級ホムンクルスの見た目に近いが、近接ホムンクルスは肌がオレンジ色で目つきが鋭い。おそらく、近接戦闘を得意とするタイプだから他より攻撃的な性格なんだろうな。一方、遠距離は黄色く、おっとりした雰囲気で目つきが柔らかい。魔法は体の色が紫色で、全属性の魔法が使える。

こんな感じで仕入れは順調だったが、ポーションの方はやはりアーシャンでは売れなかったらしい。その代わり冒険者ギルドの前で、直接冒険者に売りさばいてきたという。市場の人と会話して、そんな売り方を教わったようだ。自発的な行動自体はしないものの、一度命令されれば遂行するために色々な方法を試そうとする知能があるということだ。大したもんだな……

冒険者は生命力ポーションを一つ三万ゴールドで買ったみたいだ。完売した結果、三十万ゴールドの収入になった。

というわけで、ホムンクルス達による取引が非常にスムーズに進むと分かったので、再びフラメリウムに出発させることにした。今度は馬ホムンクルスを使い、馬車で移動してもらう。さらにメンバーも増員し、中級ホムンクルス二体と低級ホムンクルス二体を追加する。

生産した生命力ポーションは、ほぼすべて馬車に載せた。生命力ポーションは多少値下げしても構わないから、とにかく全部売れと指示した。物資も買ってくるように命令する。

その日の夕方には、後発隊のホムンクルス達も帰還した。ベッドや服用の布を中心に買い物してもらったので、服が全員に行きわたった。ただし、ベッドは相変わらず不足している。俺がベッドで寝れる日は、まだまだ先になりそうだ……気遣ってアイナが代わる代わるベッドを使おうと言ってくれたが、悪いので遠慮しておいた。マイナもアイナと一緒に寝たいだろうしな。

後発隊に持たせていたポーションもきちんと売れたようだ。二十個あったので、六十万ゴールドを獲得した。この資金を持たせ、中級ホムンクルス四体に再びフラメリウムに行ってもらう。今回はポーションは持たせず、とにかく物資を買ってきてもらう予定だ。

そして、さらに数日後――馬車隊が領地に帰還した。運良く上級の冒険者が何人も冒険者ギルドに訪れたらしく、町に着いた初日にポーションを売り切ったらしい。

売れたからには当然ゴールドが手に入る。しかし俺はその光景を見て目を疑った。馬車いっぱいにゴールドが積み上がっている。もはや数えることも出来ない。

ホムンクルスが言うには、全部で三百万ゴールドはあるようだ。さ、三百万て……日本でいうと、五千万円ってことか……？　物資は入らなかったから買ってこなかったと謝られた。ベッドがない生活は続くが、これだけ金が入れば些細(ささい)なことに思える。

なんといっても、これで大きな魔石を購入する資金が出来た。といっても大きな買い物なので少しは悩んだが、好奇心の方が勝って、買ってみようと決意した。

ただ流石に五十万ゴールドもの買い物となると、ホムンクルスだけに任せるのは心配だ。久々に俺も一緒に行くことにした。


大きな魔石のためにフラメリウムに行くのは、俺とホムンクルス達だけにした。

戦闘特化ホムンクルス、チョウとタンに領地を守らせるから防衛はばっちりだし、栄養ポーションも大量に作っておいたので、食料にも問題ない。

ポーションを作ったことでスキルレベルが21まで上がっていた。しかし、いきなりスキルレベルが上がる速度が落ちた気がするな……20から必要な経験値がかなり増えるようだ。

そういえば、最近領内の狩りで獲物に出くわすことも少なくなってきた。だいぶ狩ってきたし、無理もないか。これから肉も町で買う必要が出てくるかもな。

町に持っていくのはゴールドと栄養ポーションだけだ。七十万ゴールド持参し、五十万ゴールドで大きな魔石を買って、残りの二十万で物資を買おう。

捜したい素材はまず塩だ。塩を買うと食材の保存が出来るようなので、大量に欲しい。塩自体はスキルで生産可能なのだが、素材として海水が必要になる。近くに海がない以上、今は商品として売られているものを手に入れるしかない。そして前回出かけた時、あれほど作りたかった魔法の地図のことをすっかり忘れてしまっていた。今回は魔法の地図の素材も探してみるつもりだ。

「あの、いってらっしゃいませ。怪我には気を付けてくださいね」

出発する直前、アイナに心配そうな表情で言われた。

「大丈夫だ、無茶はしないから」

俺はそう返したが、アイナ以外の領民も皆が不安そうな顔で俺を見ている。

この領地では今は俺が唯一の男だし、生産スキルで村を切り盛りしているので、いなくなると不安なのだろう。仮に俺が死んだとしたら、食料は乏しくなるし、ホムンクルス達が寿命を迎えれば守りが手薄になる。盗賊がやってきた例もあるし、領民達はただでは済まないだろう。

絶対に生きて帰ってこないとな！

俺は中級ホムンクルス二体と低級ホムンクルス二体を連れて、馬車に乗り込んだ……が、馬車の乗り心地は最悪だった。揺れに揺れる。乗り物酔いしない俺でも、今回は気持ち悪くなったくらいだ。

吐き気に悩まされながらも、考えを巡らせる。今回は町で領民集めもしようかと思っていた。

金もこれだけ稼げば、しばらく物資や素材の調達には困らないだろう。畑の栄養草も順調に育ち、収穫が近くなっている。栄養草を一定量収穫できるようになれば、安定した食料確保が可能になる……まあ、まだ見るからに美味しそうな食事とはいかず、栄養ポーションだけど。

栄養ポーションは、レシピの『作る』を連打すれば猛スピードで生産出来るから、百個でもそれほど苦労はしない。ただ千個ともなると流石に気が滅入る……食事としての味気なさもあるし。

最終的に栄養ポーションを主食にしている状況からは脱却する予定だが、領民がそんなに多くないうちは栄養ポーションでやっていくつもりだ。今のところ、五十人くらいの領民がいても問題ないと思う。町に着いたら、領民を増やすために何かしてみるか。

看板を作ってみるという案を考えてはいたのだが、そうなるとフラメリウムの領主——もとい坂宮に目を付けられかねない。行く当てのなさそうな人を自力で探してみるか……

しかし考えているうちに、ふと、本当に領民を増やしていいのか不安が湧き上がってきた。

今のところ俺の顔を怖がる人はいない。要因は色々ある。ここが異世界で様々な種族に見慣れていたり、行く当てのないところを俺に助けられたりしたからだ。

でも、さらに領民が増えても、このまま平和に過ごせるんだろうか……日本にいた時みたいに、顔だけが原因で犯罪者扱いされないだろうか……

物資が増え、人が増え、暮らす人が裕福になれば、俺という存在なしでも領地は成り立つようになるだろう……そうしたら、自分が育ててきた領地から追い出される可能性もある。

いや……ネガティブになりすぎるのは良くない。ここは異世界、日本とは違うんだ。今のところ顔のことでとやかく言われたことはない。きっとこれからも言われないはずだ……

俺はそうやって思いを振り切ったが、芽生えた不安を完全に消し去ることは出来なかった。

馬車のおかげで、徒歩よりも二日ほど早くフラメリウムに到着した。早速例の魔法道具店に向かう。

「いらっしゃい……」

店に入ると、相変わらず陰気な老婆に応対された。

「あの、この前の魔石買いに来たんですけど、まだあります？」

「ん……？　もう五十万ゴールド貯まったのかい……それは恐れ入ったね……まだあるから持っていきな……」

よし、残っているみたいだ！　仮になくなっていたら見つけるまで時間がかかりそうだったからありがたい。

俺はついに大きな魔石を手に入れた。石には八芒星が描かれている。かなり重いので、ホムンクルスに持たせせた。

一番の目的は達成できたが、魔法の地図の素材も探していたんだった。ここで扱ってないだろうか。

「ここに聖水と魔力紙は売ってませんか？」

「魔力紙は売っているよ……一枚五百ゴールドだね……聖水はこんなところにゃ売っていないよ……」

「じゃあ、一枚買います」

魔力紙はキラキラ輝く紙だった。ただ、今の時点で特に魔法っぽさは感じられない。

「ちなみに、聖水って……」

「あーいうのは聖堂で売っているもんだ……」

面倒くさそうながらも老婆に教えてもらい、お礼を言って店を出た。

フラメリウムには小さな聖堂があったので、そこのシスターから聖水を分けてもらった。

早速レシピノートを開き、魔法の地図を生産してみる。するとキラキラした魔法の紙の上に、フラメリウム周辺の地図が描き出された。俺が地図を持って動くと、描かれる範囲が変わる。マジで地図アプリのようだ。

しかもただ地形が書かれているだけでなく、ランドマーク的な場所には名前が記されている。例えばフラメリウム北には『アメールダンジョン（初級）』という場所があるようだ。ここにダンジョンがあるということなのだろうが……当たり前にダンジョンがあるんだな。流石、異世界。

初級ということは簡単に攻略できるところなんだろうか。

その他にもいくつかダンジョンが表示されている。この周辺には結構多いみたいだ。ダンジョンには何があるのだろう？　市場では冒険者がダンジョンで金を稼いでいると聞いた。何かお宝的なものが手に入ったりして？

まあ、今は領地が優先だから、後回しだ。塩やほかの食材を購入してから、新しい領民になってくれそうな人を探そう。

16　特殊ホムンクルス生産

結果から言うと、領民集めは上手くいかなかった。

俺のコミュ力では初対面の人に警戒されるようで、まともに話を聞いてもらえない。アイナと一緒に勧誘すればマシになるんだろうか……もっといい方法もあるかもしれないので、一度領地に戻って相談してみよう。特にアイナやマリーナさんに聞けば、いいアイデアを出してくれそうな気がする。

それから、塩や布などの必要物資を購入する。特殊ホムンクルスの生産は、領地に戻ってから落ち着いてやりたいので、用事を済ませた俺は馬車で急いで戻った。


「ゼンジさん、おかえりなさい！」

「おにぃちゃん、おかえり!!」

領地に着くと、アイナとマイナが笑顔で出迎えてくれた。他の領民達も皆、俺が帰って安心したのか、ホッとした表情をしている。

俺が留守の間、特に事件は起こらなかったようだ。仮に盗賊とかが攻めてきても、戦闘特化ホムンクルス達と、チョウとタンで守り切っただろうけどな。

荷物をホムンクルス達に下ろさせていると、アイナとマイナがやって来た。

「あ、これを買いに行ったんですよね！」

アイナが大きな魔石を見て声を弾ませた。

「ああ、今から特殊ホムンクルスってやつを生産してみようと思う」

「見てみたいです」

「マイナもみたいー」

二人がワクワクした表情で覗き込んでくる。必要な素材は大きな魔石と、肉百キロだ。

肉は物置小屋からホムンクルス達に持ってこさせた。よし、いよいよだな……

レシピノートをめくって『特殊ホムンクルス一号・ベルフェ』のページを開く。『作る』の文字が光り、指で触れた。

すると——いつも生産する時と、違うことが起きる。普通のホムンクルスは『作る』に触れた瞬間に、ポンッと現れていた。今は大きな魔石が宙に浮き、その周りに素材の肉が徐々に集まって、人間の姿を形作っていく。しばらく眺めていると、完全に人型になった。

顔は人間の女性で、作り物のように綺麗だ……今までのホムンクルスと違って肌が白く、紫色の短い髪をしている。服も最初から装備されていた。

しかし、驚いた。特殊といっても、今まで生産してきたホムンクルスの延長線上の存在を想像していたから、こんな人間そっくりのホムンクルスが現れるなんて予想だにしていなかった。

能力を確かめたいので、ベルフェに向かい合う。見れば見るほど凄い美人で、若干緊張してくる。い、いや、ホムンクルスであって人間の女性じゃないんだから、そんなに緊張する必要はないんだ。俺は思い切って声をかける。

「お前はホムンクルスの『ベルフェ』でいいんだよな？」

「……」

「あれ？　おい、聞いてるか？」

「……」

……何も喋らない。もしかして、言葉を話さないのか？

心配になっていると、いきなりベルフェが口を開け……大きなあくびと共に、伸びをする。

「……よく寝た」

「は？」

今の今まで目を開けてたし、立ってたし、起きてたよな!?　どういうことなんだ……そもそもホムンクルスって寝ないはずだよな。言葉が喋れたのは良かったけど、すでに扱いが大変そうな奴な気がするぞ！

「あなたが私のご主人様の、ゼンジ様？」

「そうだけど、なんで俺の名前を？」

「生産者の名前はなんとなく分かるの。ゼンジ様もベルフェって名前、知ってたでしょ？」

それはレシピノートに書いてあったからなんだが……とりあえずスルーする。

「そうか……ところで俺はベルフェに何が出来るのか知りたいんだ。教えてくれないか？」

「……説明するのはメンドー……私のことが知りたいなら、これを読めばいいと思うよ」

ベルフェが地面を指さすと、一冊のノートが落ちていた。いつの間にこんなものが？　レシピノートとはまた違うノートみたいだ。ベルフェと一緒に作られたんだろうか。

「これにお前についての情報が書いてあるのか？」

「うん、そ。読んでる間、私は寝る」

ベルフェはそう言ってその場に寝転んでしまった。ね、寝るってここでかよ!?

……もう、仕方ない。このノートを読めば分かるんだよな。

ノートを拾うと、表紙には『特殊ホムンクルスノート』と書かれていた。一ページ目に『特殊ホムンクルス一号・ベルフェ』と見出しが書かれており、ベルフェの絵が載っていた。その下に説明が書かれている。

・ベルフェは怠惰のホムンクルス。
・面倒くさがりな性格だが、命令にはちゃんと従う。

・普段は半分寝ているような状態だが、生産者の危機が迫ると覚醒し、戦う。

ホムンクルスが面倒くさがりとかありかよ……命令は聞くってあるけど、心配しかない。てか常に半分寝ている状態ってなんだよ!?　危機が迫ると覚醒っていうのもおかしいだろ！　最初から覚醒しといてくれ。迫ってから覚醒しても遅いかもしれないだろ！

大した長さでもないのにツッコミどころ満載の説明だ。ベルフェは本当に使える奴なのだろうか。せっかく生産したのに、早まったか……？

次のページを見ると、八角形のグラフが書かれている。示されている項目は生命力・魔力・攻撃力・防御力・速度・技術・魔法攻撃力・魔法防御力の八つで、どうもベルフェのステータスを表しているようだ。

最大値になっている項目はまだない。よく見るとそれぞれに細かい数値も載っている。

生命力42　攻撃力41　防御力39　速度40　魔力21　技術12　魔法攻撃力24　魔法防御力14

生命力・攻撃力・防御力・速度が高く、魔力・技術・魔法攻撃力・魔法防御力が低いのか。正直数値いくつなら強いのかとか、全然分からんな……ただ、グラフを見る限り、各項目とも最大値は１００みたいだ。

使える魔法も書いてある。アイススピア、アイスキャノン、ブリザードストリーム、アイスウォールと全て氷属性の魔法だ。

ステータスの下には『1．？？？（特殊ホムンクルス強化ポーション一個で解放）』と書いてあった。さらに『2．？？？（特殊ホムンクルス強化ポーション一個で解放）』と続いており、そんな項目が10まである。

多分、ポーションによってなんらかの特殊能力を得られるという意味なんだろう。ポーションの必要数はあとになるほど多くなり、十個目まで解放するには、二百個の特殊ホムンクルス強化ポーションが必要になる。かなり遠い道のりだ。

特殊ホムンクルス強化ポーションは、低級ホムンクルス一体を素材として生産出来る。一個作って試してみるか……強化ポーションは寿命が尽きそうなホムンクルスでも作れるんだろうか。仮にそうなら、寿命が近付いたら死んでしまう前に特殊ホムンクルス強化ポーションに変えるのが合理的だ。長い間働いてもらったのに、ポーションにするというのは可哀そうではあるが……ただ死んでしまうより、ベルフェの力になってもらう方が有意義だと考えるしかない。

次のページ以降には何も書いてなかった。特殊ホムンクルスノートというくらいだし、ベルフェ以外の特殊ホムンクルスを生産したら、新しいホムンクルスの情報が書かれていくんだろうか？

ベルフェが怠惰のホムンクルスと名付けられているのが気になる。怠惰っていえば、七つの大罪の一つだ。特殊ホムンクルスは全部で七体なのだろうか。二体目のレヴィを作ったら判明しそうだ。

それはさておき、数値だけだといまいちベルフェの実力が分からないので、実際に見せてもらうことにした。

「……力はノートに書いてあったでしょぉ、なんで実演しなきゃなんないの……？」

ベルフェを起こすと、物凄く嫌そうな顔で言われる。

「ノートだけ見ても分からないだろ」

「えー？　なんとなく分かるっしょ、なんとなく。私はぁ、近接戦闘が得意でぇ、魔法は苦手なホムンクルスなんですぅ。魔法の方が遠くから攻撃出来て楽に敵を倒せそうなのに、近接戦闘が得意になってしまっている哀れなホムンクルスなんですぅ」

喋り方も態度も、心底だるそうである。

「それはノートにあったけど、数値だけ見ても分からないだろ？」

「……はぁ〜……面倒だぁぁ〜」

ベルフェは大きなため息を吐いた。

大丈夫か、こいつは本当に。ただ説明にあった通り、一応命令は聞いてくれるようだ。

「で？　何するのぉ？」

「まずはそこからあの畑のあたりまで走ってみてくれ」

「そんなにぃ？　はぁ……マジかぁ……仕方ないなぁ」

「手を抜かず本気で走れよ」

「はぁい……」

ベルフェはぐっと膝を落としたかと思うと、人間には不可能な速度で駆け抜ける。速すぎて何秒なのかも分からなかったぞ……もしかして、チョウとタンと同じくらいのスピードなんじゃないのか。

次にジャンプ力を調べてみると、これまた凄く飛んだ。一階建ての家の屋根の上に乗ってしまった……身体能力がとんでもなく高いことに間違いはなさそうだな……

攻撃力はどうやって確かめたもんだろうと悩んだが、とりあえず近接ホムンクルスと戦わせてみることにした。木剣を二つ作成し、それぞれに持たせる。

近接ホムンクルスの戦闘力は、中級ホムンクルスが三体まとめてかかっても相手にならないレベルだ。しかし戦いが始まると、一瞬で決着が着いた。近接ホムンクルスの木剣が弾き飛ばされ、戦闘不能になってしまう。

あっさり勝ちすぎて、どれくらい強いのかよく分からなかった……とにかく、とんでもない実力がありそうだな。

魔法も使ってみせてもらう。魔法は苦手なはずだが、魔法ホムンクルスよりも強力だった。

他の特殊ホムンクルスと比べて苦手という意味なんだろうか。だとしたら魔法が得意な特殊ホムンクルスは、一体どんな威力だっていうんだ。

分かったのは、とにかく強いということだ。生産したてでこれだから、強化ポーションで成長させたらとんでもないことになりそうだ。

「ベルフェさん、かなり凄いですね……」

様子を見ていたアイナが感心したように呟く。他の領民達も信じられないような目で見守っていた。

「もういいのぉ？」

気だるげにベルフェが言う。今すぐにでも寝そうな気配だ。

「あ、待て。まだ試したいことがある」

これだけ強いのなら、成長させるとどうなるか確認したい。俺は特殊ホムンクルス強化ポーションを一個だけ生産してみることにした。

最初に低級ホムンクルスを生産してから、割と時間が経った。寿命が近いホムンクルスが何体かいるはずだ。ちなみにホムンクルスは自分の寿命を知っていて、質問すると答えてくれる。

何体かに尋ねると、残り五日の低級ホムンクルスがいた。質問するうちに分かったが、ホムンクルス達の寿命の長さには個体差があるらしい。低級ホムンクルスの説明には五十日とあったが、早くて三十日で寿命を迎える場合もあるようだ。

残り五日あるので、ちょっと可哀そうだ……愛着を持たないようにと思っていたが、やっぱり駄目だった。俺が迷っていると、低級ホムンクルスが声をかけてきた。

「ワタシ達無駄にせず使うことをお勧めします」

不眠不休で働かせて大丈夫なのか聞いた時と同じセリフだ……

「今までありがとうな……」

俺は感謝の気持ちを伝えてから、強化ポーションを生産した。

『作る』の文字に触れると低級ホムンクルスが消え、青色の液体が入った瓶が目の前に現れた。

ポーションの生産に、寿命の短さは関係ないようだ。これからはホムンクルス達の寿命をある程度把握しておこう……

強化ポーションをベルフェに渡す。

「何これぇ、美味しいわけ？」

「味は知らんが……てか、味覚あるのか？」

ベルフェはしぶしぶといった様子で強化ポーションの瓶を開け、匂いを嗅ぐ。

「あ、美味しそうな匂い」

強化の効果があるから、特殊ホムンクルスにとって美味しく感じるよう作られているのだろうか……そんなことを考えているうちに、ベルフェはぐびぐびと飲み干してしまった。

「美味しかった。もう一本」

「もうねえよ」

「え～……あ、でもなんか強くなった感じがする」

ホムンクルスノートを見ると、得意な生命力・攻撃力・防御力・速度は4、他の数値は2上がっている……上がりすぎじゃね？　ステータスの最大値はたぶん100だ。このままいけば、十五個も飲めばカンストする。

十個目の特殊能力解放に二百個強化ポーションがいるのを考えたら、上がりすぎだとしか思えない。もしかしてスキルレベルと同じで、ステータス値が高くなるほど、強化ポーション一個あたりの上昇量が下がるんだろうか……

まあ、上がるに越したことはないし、今気にしてもしょうがないか。

それよりも、解放される能力が気になる。最初は『1．？？？』となっていた項目が解放され、『1．寝たら完全回復』と書かれていた。どんな怪我をしても、寝たら完治するんだろうか。

じゃあ例えば、死ぬ前に意識を失ったら、そのうち完全回復するとか？　どのくらい寝たら治るのかは分からないが、仮にそうなら、相当強力な能力だ。流石に違うんじゃないかと疑いたくなるくらいだ。まあ、戦闘させていけばいずれ分かる日が来るだろう。

「よし。ベルフェの力は大体わかった。ちなみに寿命はどのくらいなんだ？」

「寿命？　知らないよそんなの。ゼンジ様は自分の寿命分かるの？」

ええ……他のホムンクルスは寿命を自覚しているので、てっきりベルフェもそうだと思っていた。

「……お腹減った。なんかちょうだい」

「お前、腹が減るのか」

「減るでしょ、生きてたら。なんかない？」

うーん、寝るし、食べるし、これはホムンクルスというより、めちゃくちゃ強い人間なんだと解釈した方がいいのかもしれない。通常のホムンクルスとは根本的に違う存在のようだ。

俺はベルフェにお約束の栄養ポーションを渡す。

「まっず!!　まず過ぎるよこれ!!」

ベルフェがぺっぺと吐き出してしまう……やっと俺と同じ味覚の奴を見つけたぞ！

「ほ、他になんかないの？」

涙目になっているベルフェを見て、アイナが提案する。

「ゼンジさん、ロズはどうでしょう？」

フラメリウムの主食であるロズは、割とストックがある。畑でも育てているが、買い置きが溜まっているのだ。ロズは硬い殻に覆われているので腐敗しにくく、長もちする。ちなみに硬いと言っても、石にぶつけたら割れる程度の硬さで、中に入った粒々の実を食べる。ベルフェに食べさせたところ、これは美味しいと喜んでくれた。

ベルフェは想像していた特殊ホムンクルスとだいぶ違った存在だった……それでも、かなりの戦力にはなってくれそうだ。あのマイペースで面倒くさがりな性格を見るに、戦闘以外では役に立ってくれない気もするが……厳しいこの異世界を安全に生きるには、力は必要不可欠だ。素材集めには苦労したけど、生産して良かったと思えた。

17　マイナの魔法

そのあとベルフェは——基本的に領地で寝て過ごしていた。

本人は敵が来たらすぐに駆けつけると言うのだが、こんなに熟睡してて本当に大丈夫なのかと心配しかなかった。

試しに一度、「敵襲～！」と叫んでみたら、臨戦態勢で家から飛び出てきた。ベルフェが戦闘要員になることは確かめられたが、嘘だと伝えたら「邪魔しないでよね」とめちゃくちゃ怒られてしまった……寝てるだけだろ！

ベルフェと魔法の地図という大きな目標を作り終えたので、俺はまた細々した日用品の生産に取りかかる。

ベルフェと魔法の地図も念願だったが、ここにきてついに自分用のベッドを手に入れることが出来て幸せだった。

それからレベル20で作れるようになっていた下着を、自分や領民達のために生産していく。作れるのはパンツだけで、ブラジャーはまだレシピにない。下着も男用と女用があり、自分のはいいのだが、女性達に手渡すのは気恥ずかしかった。なんとか勇気を出して渡したら、結構喜んでもらえたみたいだ。ただ、穿き方を詳しく聞かれたのはとても困ってしまった。

日課と化している栄養ポーション、生命力ポーション生産も行う。大きな魔石のためにフラメリウムに行っている間に、栄養草がかなり溜まっていた。

一方、命の草は採取量が少なくて生命力ポーション三つしか作れなかった。ホムンクルス達に事情を聞くと、あちこち探し回ったが見つからないらしい。もう領内の命の草は取りつくしてしまったんだろうか。といっても命の草は畑で育てているから問題ない。種は順調に成長し、赤色の芽を出していた。

最後に馬ホムンクルスと中級ホムンクルス達にゴールドを持たせ、フラメリウムへ物資調達に向かわせた。これで今日の仕事はほぼ終わりだ。

俺はしばらく休憩することにした。そういえば異世界に来てから、ずっと必死に何かやってたな……たまには何もせず、ゆっくりする時間があってもいいだろう。

改めて自分の作りあげた領地を見回してみる。領民が暮らす用の家が六軒、物を貯蔵する小屋が二軒建っている。広い農地にホムンクルス達が水を汲んできて、領民達は一生懸命畑仕事をしている。

まだまだ足りないものもあるが、最初は俺一人で何もない草原から始めたことを思い出すと、ずいぶん進歩したと思う。

足りないといえば、ここにはフラメリウムのような防壁がない。ホムンクルス達に守らせているとはいえ、万全とはいえないだろう。壁を生産する石材を採取させているが、時間がかかっていて、領地を囲えるほどの量はまだ集まっていない。ゆくゆくは病院とか学校とかも作りたいが……まずは領民を集めていくのが先かな。

そんなことを考えながら辺りを見渡していると、マイナが遊びまわっているのが目に入る。一緒にいるのは新しい領民達の中にいた二人の子供だ。女の子はジニー、男の子の方はハンスという。三人はすっかり仲良くなったみたいだ。

マイナは杖を持っていて、スモールフレイムを放った。小さな火の玉が空へ向かって飛んでいく。

「マイナちゃんすごいなぁ。まほうがつかえて」

「えへへー」

褒められたマイナは、嬉しそうに顔をほころばせる。

マイナはアイナからスモールフレイムの呪文を教わったところ、あっさりと習得してしまった。こんなにすぐ使えるのは珍しいようで、アイナが「マイナには才能があるかも……」と呟いていた。

アイナも母親から魔法を教わっていた時期があったそうだが、初級魔法の習得に時間がかかり、その時点で見込みなしと思われたのか、教えてもらえなくなったという話だった。この世界では親の魔法の才能を子供も引き継ぐ場合が多いが、そうでない子もいるらしい。

マイナにそんなに才能があるなら、もっと難しい魔法を習わせてあげたいものだ。だが残念なことに、教えられる者がいない。アイナは初級以外知らないし、領民にも魔法の知識はない。

アイナによると、杖は魔法の威力を上げるものだから、初級の杖でも難しい魔法が使えないわけではないとのことだった。ただし初心者の頃から強力な杖を使うと、魔力不足に陥りがちで危ないので、最初は初級の杖を使うのが望ましいようである。

というわけで杖はいいのだが、呪文の知識が得られない。魔法道具店に行けば、本とか手に入るだろうか……しかし、まだ小さなマイナに本の中身を理解するのは難しそうだ。

もっと大きくならないと駄目なのかもなあ。先生になってくれる人なんかがいれば最高なんだが……と、そこで思いついた。中級ホムンクルスに教えさせるってのはどうだろう。ファイアーランスというなかなか強力な炎属性の魔法を持っている。マイナは炎属性の魔法が得意なようだし、悪くなさそうだ。本当はもっと強力な魔法を使える魔法ホムンクルスに教えさせたいところだが、残念ながら戦闘以外の命令は聞かないから魔法を教えさせることは出来ない。

しかし、ホムンクルスって杖なしで魔法を使っているし、大丈夫だろうか。ただ、呪文は唱えているので、それでいけるかもしれない。

物は試しだ。領地の防衛役にしていた中級ホムンクルスを呼び寄せて、マイナとひき会わせた。

「マイナはもっと魔法使えるようになりたいか？」

「うん！」

「じゃあ、こいつが教えてくれるかもしれないぞ」

「えー？　ホムンクルスちゃんが？」

マイナはいまいち信じられない様子で、中級ホムンクルスを眺めている。とりあえず、一度マイナの前でファイアーランスを使わせてみることにした。周囲に被害が及ばないか確認したあと、中級ホムンクルスに指示を出す。中級ホムンクルスが呪文を唱えると、魔法で現れた炎の槍が前方に飛んでいく。

マイナは食い入るようにそれを見つめていた。新しい魔法を見て、てっきりもっとはしゃぐかと思ってたから意外だった。マイナに同じように呪文を唱えてみるよう促すと、マイナの杖からも炎の槍が飛び出した。威力は中級ホムンクルスより低かったが、それでもきちんと発動した。

「やったー、つかえたー！」

まさか、一回見ただけで出来るようになるとは……マイナは、マジで天才なのかもしれない。てか、教える必要もなかったな……これなら魔法ホムンクルスの魔法だって、側で見てるだけで使えるようになるかもしれない。これからが楽しみというか、末恐ろしいというか……

「ねーねー、みてみてー!!」

マイナは新しく魔法を覚えられたのが嬉しかったのか、早速ジニーとハンスにファイアーランスを自慢している。しかし、正直見ていて危なっかしい。怪我でもしたら困るので早々に止めに入った。

才能を早く伸ばすのはいいことかもしれないが、こんな小さい子に強力すぎる魔法を覚えさせるのは考えものだ。流石にこれ以上の威力があるものは、もっと成長してからにした方がいいだろう。

それから数日後――フラメリウムに向かわせていたホムンクルス達が帰還してきた。しかし、なんだか様子がおかしい。

馬車には最初に持たせた金貨があるだけで、物資は何も買っていないようだ。てか、ホムンクルスが足りない。どうなってるんだ?

俺が中級ホムンクルスに事情を尋ねると、とんでもないことを告げられる。

「フラメリウムをブラックドラゴンが襲撃し、二体の仲間が死亡しました。フラメリウムは大混乱に陥り、任務の遂行は不可能であると判断。これ以上の損害を受けないよう、迅速に帰還しました」

18 ブラックドラゴン襲来

大都市フラメリウム——坂宮徹は女性を侍らせながら、市内を歩いていた。城の中に引き籠(こも)ってばかりいるのも退屈なので、最近よく町へ繰り出しては、面白そうなものを探している。

栄えた都市であるフラメリウムには色々な施設がある。異世界の様々な場所を旅する冒険者達が出入りするギルド、危険がないよう調教された魔物達のショーが楽しめるサーカス、剣闘士の戦いが見られる闘技場などだ。徹は領主になってから日が浅いので、まだまだ体験していない娯楽がたくさん残っていた。

今日徹が訪れているのは市場だ。城から遠い位置にあったため後回しになっていたが、異世界ではどんな物が売っているのか興味があったので、前々から行きたかった場所だった。

市場で店を見物しているうちに、ふと奇妙なものが目に留まった。しかしそれは売り物ではなく、買っている客だった。

子供くらいの大きさの生き物が、店主とやり取りをしている。青くてつるつるした肌に、とんがった耳……明らかに人間ではない風貌だ。今まで町を歩き回って、異世界には色々な種族がいることは知っていたが、初めて見る。徹には今まで遭遇したどの種族より不気味な外見に見えた。

「何だ、あの薄気味悪い生き物は？」

「分かりませんわ。私、世間のことには疎くて……」

一緒にいる女性達に尋ねても、知っている者はいなかった。

徹は立ち寄っていた店の店主に尋ねてみる。

「ああ、あれはホムンクルスだよ。錬金術師が作る生き物だ。最近この町に目つきの悪い錬金術師の人間が来るようになってね。ただ、本人は錬金術じゃなくスキルだって言い張るんだよ」

（スキル……？）

徹はその言葉に引っかかりを覚えた。

「スキルを使える奴は、この世界にはほとんどいないはずだ」

「そうだね。俺もスキルなんて嘘だろうと思ってるが、本人はそう言うんだよ」

（もしかして、クラスメイトか？　目つきが悪い……まさか）

思い当たる人物のいる徹は、他の特徴も尋ねてみた。店主によると黒髪で目つきが悪く、人間といっても顔立ちが平面的で、異世界の人間とは少し違った雰囲気らしい。

「そういえば一緒にいた姉ちゃんから、ゼンジさんって呼ばれてた気がするなぁ」

「……なるほど」

徹は確信を持った。間違いなくクラスメイトの鳥島善治だ。全く親しくなかったが、あの特徴のある顔は覚えている。物凄く不快な悪人面をしていた。

外見の特徴も、名前も同じで、その上スキルを使っていると話している。ここまで一致すれば、鳥島善治である可能性は非常に高いだろう。

（あの犯罪者、死んでなかったのか。しかも、このフラメリウムの近くに飛ばされたらしいな。それで、領地を作ろうとしていると。正直……不愉快だな。その領地とやらに行って、捕まえて牢屋に閉じ込めるか）

徹はそう考えた。善治からすれば、理不尽を通り越して横暴すぎると思える話だろう。しかし、善治を犯罪者だと決めつけている徹は当たり前としか考えていない。さらに今は大都市の領主として様々な権力を手にしている徹にはそれが可能だった。

「そいつはどこから来ているんだ？」

「さあ？　ああ、だが領民を探しているみたいだったぞ。勧誘された奴なら、詳しい場所を知っているかもな」

「情報、感謝する」

徹は早速、善治の居場所を探り始めた。町中で行く当てに困っていそうな者に話を聞くと、勧誘された人間をすぐに探し出すことができた。領地の場所を聞き出すことに成功した徹は、家臣達を向かわせるため、城に戻ろうとする。

「グオオオオオ‼」

その時――上空から凄まじい雄たけびが響いた。

空を見た徹は、思わず目を見開く。

巨大な黒い竜が飛行している――ブラックドラゴンである。

異世界にはドラゴンが存在すると、徹も話には聞いていた。しかし実際に目にするのはこれが初めてだ。その巨大で、いかにも獰猛(どうもう)で狂暴そうな姿に、徹は声すらあげられない。

しかもブラックドラゴンは、フラメリウムの町中に降り立った。

「うわあああああああ！」

「ド、ドラゴンだぁあああああああ‼」

悲鳴が響き渡る。

ブラックドラゴンは市場の中、徹からさして遠くない場所に着地すると、いきなり黒い炎を吐き出す。徹にこそ当たらなかったが、町並みが燃え、人々が焼かれる。元の世界ではありえない凄惨(せいさん)な場面に、徹は動くことすらできなかった。

ただ幸運なことに、ブラックドラゴンは徹に背を向けていた。我に返った徹は、すぐさま駆け出す。すがってくる周りの女性達を突き飛ばし、その場から逃げ去った。

徹の持っているスキルは戦闘に使えるものだ。戦う力はあるが、恵まれた領地に住み、兵士達に守られてきた徹に実戦経験はない。いざという時のために練習くらいはしていたが、いきなりドラゴンと戦うという選択肢を選べるほど、徹は肝の太い男ではなかった。

城に戻って家臣達の指揮をとることもせず、城壁を通り抜け、町の外まで逃げ出す。

「ここまでくれば大丈夫か……？」

徹は町から少し離れた森にたどり着き、ようやく振り返ってフラメリウムの様子を眺めた。どす黒い煙が天に昇り、ここまで悲鳴が響き渡ってくる。

（まさか、フラメリウムは滅ぼされてしまうのか……？　そうしたら俺の願いが叶わないじゃないか。というか、せっかく快適に暮らしていたのに、俺の異世界での生活はどうなるんだ）

徹が怯えていると、ふいに町から黒い影が飛び立った。よく見ると、それはブラックドラゴンだった。少し遠いのではっきりとは見えないが、怪我を負っているようだ。

フラメリウム城の精鋭兵達が、ブラックドラゴンを追い払ったのだろうか……徹はそう判断し、おそるおそる町へ戻った。

「トオル様！　ご無事でしたか！」

町中に入ると、すぐに兵士達が徹のもとへ駆けつけてきた。

「あ、あのドラゴンは、お前らが追い払ったのか？」

「はい！　仕留められなかったのは残念ですが、痛い目に遭わせたので、もう町を襲うことはないでしょう！」

「そうか……どうなるかと思ったぞ」

徹はほっと息を吐く。領地が滅ぼされたら、行く当てもなく彷徨う羽目になる。正直なところ、さっきまで生きた心地がしなかった。

兵士はもう来ないというが、油断はできない。討伐の命令をする必要があるだろう。そんなことを考えながら徹は城へ戻ろうとした。町の被害を確認し、周りの人を助けようという気持ちは起きなかった。今は自分の安全が最優先だ。

「危ない！」

ところが、いきなり兵士に突き飛ばされた。

驚いて振り返ると、先ほど徹の立っていた場所に、兵士が倒れている。その心臓には、矢が突き刺さっていた。兵士は口から血を吐いて絶命した。

他の兵士達が、徹をかばうように周りを囲む。しかし、それ以上に大勢の兵がいつの間にか徹を取り囲んでいた。皆弓を構え、徹を狙っている。ホッとした矢先の出来事に、徹は混乱して頭が回らない。

徹を守っている兵士の一人が叫ぶ。

「き、貴様ら……一体何をしている、どういうつもりだぁ!?」

すると、徹に攻撃しようとしている兵達のリーダーらしき男が答える。

「フラメリウム城はすでに我々クレイモンド派が占拠した。お前らの戦力の筆頭であるグラン将軍も討ち取り、すでにほとんどの兵が投降している。お前らも投降し、その男を引き渡すのだ」

「な……トオル様をどうする気だ！」

「知れたこと、首をはねるのだ」

城を占拠、ほとんどの兵が投降している、首をはねる——信じたくない情報が徹にもたらされた。

今まで真剣に領主をやろうとせず、町のことを全て部下任せにしていた徹は知らなかった。

フラメリウムには正当な領主の血族を名乗るクレイモンド一族がおり、その現当主・アガントが稀代の傑物で、徹を排除し、フラメリウムを取り戻す計画を密かに進めていたということを。

神の力で領主の入れ替えは問題なく行われていたが、領地を取り巻く問題そのものは解決されていなかったのだ。

ブラックドラゴンが現れたのは偶然だったが、アガントはその混乱を利用してすぐさま兵を動かし、奇襲によって城を手中にした。徹に仕えていたフラメリウムの重臣達はほとんどが寝返り、従わない者は討ち取った——そんな出来事が起きていたのに、城の外で遊び歩き、ブラックドラゴンが現れた途端逃げてしまった徹は、何一つ知ることが出来なかった。

しかし徹を守る兵士達は、こんな状況でも主君への忠誠心を捨てなかった。

「我々が足止めします。お逃げください！」

兵士達は敵であるクレイモンド派を足止めする者と、徹を護衛する者に分かれ、奮戦した。

おかげで徹は命からがらフラメリウム外に脱出出来た。しかし敵はなんとしても徹を討ち取る気なのだろう。町の外へ出ても、追っ手が諦めることはなかった。

捕まったら死ぬという恐怖で、徹は必死で走り続ける。森へ逃げ込むが、敵はまだ追ってくる。

「ト、トオル様……こちらへ……」

兵士が洞窟を見つけ、そこに隠れる。しばらくの間は追っ手の声が聞こえていたが、そのうちに静かになった。どうやら、逃げ切れたようだ。

しかしここまで徹を守ってくれた兵士はたった一人になっていた。その一人も重傷を負い、死にかけている。

「トオル様……此度（こたび）の件は、明らかに義に背（そむ）いた行為……賊は天誅（てんちゅう）を受けることになるでしょう……その時まで生き延びれば、必ずまたフラメリウムに戻れる時が来ます。今はなんとか生き延びてください……これ以上お守り出来ないのは無念な限りです」

涙ながらに言う兵士だったが、自分の身の安全しか頭にない徹に彼を気遣い、思いに応える気持ちは全くない。

「おい、死ぬな！　俺を守れ！」

徹の叫びもむなしく、兵士は死亡した。

「クソ！　何がどうなってんだよ‼」

徹は苛立ちながら叫ぶ。死んでしまった兵士には、もはや目もくれない。

（とにかく、こんな理不尽なことが許されるはずがない。他の奴ならともかく、この俺が治めていたんだ。民衆だって他の奴がフラメリウムを治めることを受け入れるはずがない。生きてさえいれば、また戻れる。本当は今すぐ取り返しに行きたいところだが、兵士がいないからな……俺のスキルは弱くはないけど、大勢を相手に勝てるほど強くはない……）

兵士のほとんどが降伏していると聞いたにもかかわらず、徹の自信は変わらなかった。

（でも、どうやって生き延びる……？　サバイバル知識なんてないし、地図を覚えてないから、他の町がどこにあるかもわからん……そもそも金を持ってきてないから、町があっても生活出来る保証は……いや、待てよ……？）

徹の頭に、町で耳にした善治の話がよぎった。徹はニヤリと笑いながら言う。

「そうだ。あの犯罪者、近くにいるんだったな……」

善治は最低ランクの領地にいながらも生きている。ということは、相当便利なスキルなのだろう。おそらくホムンクルスを操る能力で、家や食べ物を確保しているに違いない。

（ここは一度、奴のところに行ってみよう。そもそもあの領地は元々は俺のものだ。俺が住んでしかるべきだろう。あの犯罪者と一緒に暮らすのは嫌だが、使えるスキルを持っているなら手下にしてやってもいい。俺のスキルは戦闘用だから、あんな奴に負けはしない。ただ念のため、道中で練習しながら向かうか……）
　こうして徹は、善治の領地を目指すことにした。

○

　俺――善治は、フラメリウムがブラックドラゴンに襲われたという報告を受けたあと、すぐさまホムンクルス達に町の現状を調べてもらうことにした。町が壊滅していたら、もう取引が出来ないし、ブラックドラゴンがこの領地を襲う危険も増すだろう。

　ベルフェは強いと思うけど、ドラゴンを倒せるかは分からない。ドラゴンがどれだけ強いか不明だが、町に大きな被害をもたらすなんて、異世界では最強クラスである可能性が高い。

　とにかく早く情報を知りたいので、馬ホムンクルスに中級ホムンクルス一体を乗せて向かわせる。

　おかげで、普段より早い三日で帰ってきた。本当は馬ホムンクルスだけで行かせた方が早いけど、馬ホムンクルスには戦闘能力がないからな。

　帰ってきた中級ホムンクルスが、フラメリウムの様子を教えてくれる。

「報告します。フラメリウムを襲撃したブラックドラゴンは、撃退されたもようです。しかしそれに乗じて、フラメリウムの城を領主の政敵が占拠します。領主を追放しました。政敵のリーダーが領主になりました。新領主、非常に弁舌（べんぜつ）に長（た）けてます。ブラックドラゴンを呼び出したのは前領主であると民衆に信じ込ませ、上手く人気を得ました。突然領主が交代したのに、フラメリウムの混乱は収まりつつあります」

色々ゴタゴタがあったんだな……でもブラックドラゴンが追い払われ、混乱も収まったなら、取引には影響が出ないかな？

……って、ちょっと待て。領主が追放って、坂宮が⁉

あいつ、追い出されたんだな。ついに天罰が下ったたってとこか……

いや、待てよ。ていうか俺がフラメリウム領主になってたら、俺が追放されてたかもしれないってことじゃないか⁉　Sランク領地を取られて最悪だと思ってたが……災い転じて福となすってとこだな。

追放された坂宮は、どうしてるんだろう。一人で追放されたのなら、スキルによっては野垂れ死んでいる可能性もある。部下と一緒なら今頃どこかで再起を狙っているかもしれないが……気がかりではあるが、それより自分の領地が優先だ。

フラメリウムの混乱が収まっているなら、取引を再開しよう。ドラゴンが襲ってきたということは、怪我人が出ているだろう。生命力ポーションの需要が高まっているかもしれない。三日も経ってチャンスを逃した可能性すらあるが、前より需要が落ちてるってことはないはずだ。

それと、魔石と肉を大量に仕入れてくるよう命令する。ドラゴンは逃げたって話だから、この領地を襲いにくるかもしれない。少しでも戦力を上げて、いざって時に備えないとな。

というわけで、俺はホムンクルス達にフラメリウムに向かってもらう。

「良かったですねー。フラメリウムが酷いことにならなくて」

ホムンクルス達を見送りながら、アイナが嬉しそうに口にする。

「アイナの故郷だもんな。見に行きたくなったりしないか？」

「うーん……故郷ですが、思い入れはないので平気です。ただ、罪のない人達がドラゴンに殺されてしまったのは胸が痛みますね……」

声をかけると、複雑そうな顔で言われた。やっぱりアイナは、フラメリウムの生活にいい思い出がないんだろうな。

そんなことを思いながらも、仕事に取りかかる。少し前から、運び込まれる石材の量が増えている。ホムンクルス達に聞いたら、岩石地帯を発見したらしい。おかげで防壁作りが出来そうなくらい素材が溜まった。加えて塔を作っておけば、ドラゴンが来ても遠距離攻撃を当てやすくなる。

俺は石材置き場に向かい、防壁と塔の生産に取りかかった。

19　冒険者・桜町メイ

「はぁ〜……」

ボク――桜町メイは冒険者ギルドにある酒場で大きなため息を吐く。未成年だからジュースを飲んでいるけど、今みたいなのを『お酒が飲みたい気分』って言うんだろうなぁ。

領地を飛び出してからだいぶ経ったけど、まだゼンジの手がかりすら掴めていない。手ぶらで旅に出てしまったボクは、冒険者をしてなんとか生活している。

冒険者っていうのは、戦いの腕を活かした職業だ。ギルドで依頼をこなして報酬を得たり、ダンジョンとかで手に入る珍しいものを売ったりして暮らしている。依頼を受けるか、ダンジョンに行くか、どちらかを専門にしている冒険者がほとんどで、兼任している人はあまりいない。ちなみにボクは依頼が専門だ。

ダンジョンに行けば、当たりの場所なら大金が手に入るけど、外れなら危険な目に遭ったうえに一銭にもならないなんてことがよくあるらしい……つまり、不安定なんだよね。

一方、依頼を受ければ確実にお金が入る。ただ、内容はなんでも屋みたいなもので、大変なことも多いのが難点だけどね。

そんな感じで冒険者をやりながらあちこちを歩き回ったんだけど、ゼンジの行方はさっぱりだ……領地を飛び出した時も思ったけど、この世界って広いし、やっぱり闇雲に探したって見つかる可能性はかなり低いんじゃないかな？　でも、これ以外に探す方法なんて思いつかないし……

「はぁー……ゼンジ、まだ生きてるかな……」

これだけ時間が経ったんだ。考えたくはないけど、もう死んでたっておかしくないかも……ボクが落ち込んでいると、右肩に手を置かれた。

顔を上げると、メーリス・トールマンがじっとボクを見ている。綺麗な長い白い髪で、無表情だけど女のボクが見てもドキッとするくらい整った顔立ちをしている。

メーリスは白魔導士で、ボクと一緒に冒険者のパーティーを組んでいる。領主がこなせないレベルで人見知りのボクが彼女とパーティーを組めたのは、メーリスが物凄く無口だからだ。

相手が喋らなければ、会話をする必要がない。話題どうしようとか、盛り上がらなかったらどうしようとか、一緒にいて苦になることがないからね！　ボクはいつもそんなことを考えちゃうから、人と話すのが苦手なんだ。あがってしまうというか……なぜかゼンジだけは別なんだけど。

ちなみに、メーリスも最近は少し喋るようになってきた。ボク達、ちょっと打ち解けられてるのかな……

ボクの肩に手を置いたまま、メーリスがぽそりと呟く。

「たぶん、生きてる」

「そうかなぁ……」

まだウジウジしているボクに、メーリスが端的に言う。

「スキル」

ぶっきらぼうだけど、その一言だけでメーリスの言いたいことは分かった。

確かに、ゼンジにもスキルがある。使いこなせてたら、生き延びているはずだ。でも、領地みたいに大ハズレな使えないスキルだったら……いや、確か『全部凄いスキル』とか神が言ってたじゃん。ゼンジだってそれなりのスキルを貫って、頑張って生きてはいるはずだ。

メーリスにはボクの境遇を全部正直に話したので、スキルのことも知っている。別の世界からやってきて……とか話してるのに無反応だったたから、嘘扱いされてるものだとばかり思っていたけど、ちゃんと信じてくれてたんだね。

とにかく、ゼンジは生きてはいるはず……でもボクと同じで陰キャだから、友達が出来ずに寂しい思いをしていることだろう。一刻も早く見つけに行かないと！

ボクは気を取り直して立ち上がる。よし、ゼンジ探しを再開するぞ！

「待って」

早速ギルドから出ようとすると、メーリスに袖を引っ張られた。

「な、何？」

「お金、ない」

お金の管理はメーリスがしていたので、知らなかった……もう尽きたの？

メーリスが無表情ながらも、若干圧を感じさせる雰囲気で言ってくる。

「仕事する」

「う……」

ここは冒険者ギルドだから、依頼を受けられる。良さげな依頼がないか、掲示板に貼られた紙を物色する。えーと……お、これ凄く報酬がいい。二十万ゴールドだって！　これだけあれば数か月は困らないよね。内容を詳しく見てみる。

《ブラックドラゴン退治――ポロナイズ地方にブラックドラゴンが現れ、理由は不明ながら人里を襲撃している。最近では中心都市であるフラメリウムが襲撃された。一時的に追い払われたが、民衆は恐怖に慄(おのの)いている。退治出来る冒険者求む》

ド、ドラゴン退治……ボクに出来るかなぁ？　でもこれだけの大金を手に入れたら、しばらくはゼンジ探しに専念できる。ボクのスキルは度重なる戦闘でかなり成長した。今のボクには、常人とはかけ離れた身体能力が身についている。

メーリスの腕も抜群だ。白魔導士の技能を活かして、怪我の回復、支援魔法による援護、いざとなったら光属性の魔法で攻撃と、戦闘を強力にサポートしてくれる。力を合わせれば、多分なんとかなるんじゃないかな。

「よし、これにしよう！　ポロナイズ地方ってどこにあるの？」

メーリスに尋ねると、懐から地図を取り出して指さす。ふーん、ここから西にあるのか。

今ボクは、地球でいうとヨーロッパのイタリアがある場所にいる。初期位置はヨーロッパの北東辺りだった。最初は東端に日本っぽい形の島があったから、そこに行こうと思ったんだけど、親切な冒険者に「東に行くのは非常に危険だから今はやめておけ」とアドバイスされたので、とりあえず西に向かったんだ。

ポロナイズ地方があるのは、地球だと……フランス？　かな？　いや、なんか違うような……

うーん。地理に詳しくないので知らない。オランダ……そうか、オランダだな。うん、きっとオランダだ。よし、じゃあオランダ……じゃなくてポロナイズ地方に向かおう！

ボク達は依頼を受けて、ギルドをあとにした。

○

「えー、坂宮君やられちゃったのかなー？」

煌びやかな装飾で飾られた城の一室で、日本からの転移者の一人、工藤晶子は驚きの声を上げた。

神から届いたランキングの紙によると、元々一位にいた坂宮がランキングから消え、四位だった晶子は三位に上がっている。

晶子に嬉しさと悲しさが同時に湧き上がる。坂宮は憧れの男子だった。だが一方で、今の晶子はランキング一位の座を狙っている。上にいた者が一人消えたのは、好都合だ。

「仮にやられちゃったのなら、やったのは誰かしら。うーん、異世界の人間だったら別にいいけど……クラスメイトなら困るな。私と同じ考えの人がいて、先を越されたってことだもの」

晶子の考えとは、一位になるために、他のクラスメイトを徹底的に蹴落とすというものだった。

領地を発展させるなどという時間も手間もかかることをするより、とにかく他のクラスメイトの居場所を探し当てて潰していく。それが一位になる一番の近道だと晶子は考えていた。

この方法が効率的な理由は他にもある。潰したクラスメイトからスキル石を奪えば、簡単に自身を強化出来る。

「スキルがいっぱい使えれば、有利だものねー」

晶子は茶色のロングヘアを耳にかけ、にっこり微笑む。優しそうな顔に対して、発言は物騒だ。

彼女の持つスキルは非常に強力だった。神の言葉を信じるなら、他のクラスメイトのスキルもそれなりに使えるだろうと晶子は予測していた。

晶子は領地の家臣と自分のスキルを使い、クラスメイトの情報を探っている。現在、何人かの居場所を発見していたが、まだ実際に襲ったことはない。晶子は慎重な性格で、確実に勝てる勝負しかするつもりはない。

「まあ、でもそろそろ準備も出来たし、やっちゃおうかな……最初に狙うのは、一番簡単そうなあの子にしよ。名前……なんだっけ、桜町ちゃんだっけ？」

晶子は桜町メイを見つけていた。身辺調査をした結果、なぜか転移した途端に領地を放棄して、冒険者として放浪中のようだ。領地がないのでランキングとは無関係だが、スキル石が手に入る。戦闘力は高いが、部下がいない分、楽に勝てるだろうと踏んでいた。

「さて、やりましょうか♪」

そう言って、晶子はスキルを発動させた。

20 ダンジョン攻略

俺——善治は、防壁生産に取りかかっていた。

これからもっと家を建てて領民を増やしていく予定なので、壁で囲むスペースには余裕を持たせたい。本当は領地全てを囲んでしまいたいところだが、まだ素材が足りない。とりあえず作れるところまで作っておこう。

スキルで防壁を生産する。一回作ると、高さ五メートル、横幅十メートルくらいの壁が現れる。続けて生産すると、隣に位置する壁と自動的にくっついた。

防壁に加えて、塔を一個生産しておく。ドラゴンの危機に晒されている今は、防壁よりも塔を優先して建てておくべきだろう。『作る』に触れると、高さ三十メートルくらいの塔が完成した。てっぺんの櫓(やぐら)には遠距離ホムンクルスを配置して、ドラゴンが襲ってきても反撃出来るよう準備しておこう。

ここで石材が枯渇したので、門の生産に移った。落とし格子になっていて、素材は鉄だ。集めていた金属をかなり消費してしまったが、ここまででスキルレベルが22に上昇した。

合間に溜まった栄養草を栄養ポーションにしつつ、それから数日間、石材を集めては防壁を増やす生活を送った。

防壁もだいぶ出来あがってきたところで、フラメリウムからホムンクルス達が帰還してきた。

戻ってきてすぐ、「任務を果たせませんでした」と報告される。積み荷を確認すると、ポーションは売れ、肉も買えているが、魔石がない。

詳しく聞くと、魔石の在庫が切れていて、購入出来なかったそうだ。魔石は俺以外にも狙っている奴らがいるようで、運悪く買い占められたらしい。魔石を買うのは俺だけだと思っていたが、ホムンクルス生産以外にも使い道があるんだろうか……しかも、次の入荷は未定らしい。うーん、今は一体でも多く戦闘用ホムンクルスを作りたいんだが……

ホムンクルス生産以外に需要があるなら、今回みたいにいつ買えなくなるか分からない。ホムンクルスには寿命があるから、タイミングが悪ければ領地の運営が止まってしまう恐れがある。これは……買う以外に自力で獲得する方法を見つけておかないとやばいな。魔石はたぶん、ゴブリンみたいな魔物から取れると思うのだが……

うーん、ゴブリン以外の魔物ってどこにいるんだ？　ダンジョンとかか？

アイナに尋ねてみると、「もちろんダンジョンには魔物がいますよ」と当たり前のことのように返された……この世界では常識みたいだ。

魔法の地図を広げてみると、領地の南に、『モームダンジョン（中級）』と書かれた場所がある。八キロくらい離れているが、ここから十キロくらいの圏内に他のダンジョンは存在しない。中級だからそこそこ強い魔物が出そうだけど……敵からは魔石が取れるはずだ。

情報収集のため、中級ホムンクルス二体、近接ホムンクルス一体を早速ダンジョンに向かわせてみた。数時間後に帰還したところで、意外なことを報告された。

「入れませんでした。人間の方がいなければ入れないようです」

え、マジか？　そんなルールがあるとは……ってことは、俺か他の領民が必ず行く必要があるのか？　いや、俺以外は狩りの経験すらないんだし、ここは俺が行くしかない。距離的には遠いわけではないが、ダンジョン攻略にどれくらいかかるかは分からない。まあ、ベルフェがいることだし、防衛は大丈夫だろう。

……と思ってベルフェに拠点をしっかり守るようにお願いしたら「私も行く」と言われてしまった。命令、聞くんじゃなかったのかよ！

「ベルフェには、拠点を守ってもらいたいんだって。今回はお前が頼りなんだよ」

「そんな長距離離れるなんて。私も行く」

「長距離って、八キロじゃないか。てかお前、寝てたいんじゃないのか？」

「離れるくらいなら、頑張って起きて歩く」

完全に予想外の反応だった。普段はぐだぐだしてるくせに……！　どうもベルフェは、生産者の俺が危ない目に遭うことが何よりも嫌みたいだ。とはいえ俺の命令は聞かざるを得ないので、やっぱり領地を守ってはくれることになった。ただ、ちょっと泣きそうな顔をしていた。

き、気まずい……少し可哀そうだが、今領地を守るのはベルフェしかいない……頼んだぞ！

俺は複数の中級ホムンクルス、チョウとタンを連れて、モームダンジョンへ向かった。


モームダンジョンに到着した……と思う。

というのも、俺の想像していた場所と全然違っていて、すぐには信じられなかったのだ。

RPGにありがちな洞窟みたいな場所をイメージしていたのに、聖堂のような建物が建っている。

中に入ると、中央に台が置かれ、その上に緑色の球体が載っていた。どこかにダンジョンの入り口がないか探してみたが、見当たらない。ということは、この球体に何か仕掛けがあるはずだが、怖くてうかつには触れない。どうしたものだろう……

迷っていると、同行していたホムンクルスが壁を指さす。

「こちらにダンジョンの説明ありました。お読みください」

言われてみると、確かに白い文字が壁に書いてある。

ダンジョンの説明
・球体に三十秒間触れると、近くにいる者達と一緒にダンジョン内に転移する。

・ダンジョン内には帰還の球体があり、触れれば離脱できる。どのダンジョンでも転移場所のすぐ近くに設置されているので、間違えて入った場合は速やかに外に出られる。
・同じダンジョンでも、構造は中に入るたびにランダムに変更される。同じなのは難易度・出現する魔物の種類・獲得できる宝箱の数である。

モームダンジョンの説明
・ダンジョンには危険な魔物がいる。このダンジョンは中級なので、腕に覚えがある者以外は、立ち去ることを勧める。

とりあえず、入り方は分かった。ホムンクルス達に球体に触ってみたか尋ねると、「数分間触れておりましたが、転移しませんでした」とのことで、人間が触れないと入れないと判断したようだ。

……でも、それだと俺が入っても、ホムンクルス達やチョウやタンが来られない可能性もゼロではない。そしたら、俺一人で攻略する羽目になる。流石に無理ゲーではなかろうか。

まあ、だから帰還の球体があるんだろう。俺以外が一緒に入れなかったら、すぐに出て領地に戻ればいい。

俺はそう判断して、おそるおそる球体に触れてみた。三十秒が経過すると、球体が辺りを包み込むほどにまばゆい光を発し始める。俺は思わず目をつむる。そのうち光が収まり、目を開けてみると、先ほどとは全く違う場所にいた。

ダンジョン内に転移したってことなのだろう。俺がいるのはかなり広い部屋で、壁はコケに覆われ、緑色になっている。さっきまで触れていた球体もなくなっていた。その代わり、部屋の隅っこには別の台があり、赤い球体が載っている。あれがたぶん帰還の球体かな？

そういえば、肝心の皆は転移できたんだろうか。周囲を見渡すと、チョウやタン、ホムンクルス達も一緒に転移してきていた。人間が触らないと入れないだけで、作動さえすれば、周囲にいる仲間も種族を問わず転移出来る仕組みなのだろう……良かった、これなら攻略出来そうだ。さて、行くか……

部屋には出入り口が一つだけあり、その先は細い道になっていた。役に立つかは分からないが、鉄の盾を装備してきた。ひとまず俺が先頭になり、いつでも援護してもらえるよう、真後ろに中級ホムンクルスを歩かせる。

ダンジョン内は真っ暗ではないのだが、薄暗かった。遠くまではっきり見渡すことは出来ないので、慎重に進む。細い道を通り抜けると、さっきとは違う広い空間に出た。

その瞬間、チョウとタンが、「グルルル……」と威嚇（いかく）するように唸り声を上げる。

何かいる。俺は盾を構えながら身構えた。

相手は全身が黒く、尻尾が生えている。二つの眼が赤く光り、こちらを睨む――魔物だ。名前が分からないが、なんか悪魔っぽい見た目なので、『デーモン』とでも呼んでおこう。

デーモンは一体や二体ではない。数えてる暇もなく、一斉に襲い掛かってくる。

「撃退しろ！」

そう皆に命令し、ダンジョンでの戦闘が始まった。

デーモン達の大きさは人間と同じくらいだが、正直、見た目が今まで見てきた魔物の中でもダントツで怖い……倒せるだろうか？

魔法は使えないみたいで、鋭い爪で切りかかってくる。なんとか鉄の盾でガードすると、たいして攻撃力は高くないようで、あっさり防げた。

盾ではじかれ態勢を崩した隙を突いて、ホムンクルスとチョウとタン達に反撃させる。デーモンはそんなに強くない魔物だったようで、あっさりと数撃で倒せた。たぶん、ゴブリンとあんまり変わらないくらいの強さだ。

デーモン達を全滅させ、数えてみると七体いた。さて、こいつらは魔石を持っているだろうか。探ってみると……お、あった。背中に魔石がついている。ただし、小さな魔石だ……弱かったし、仕方ないか。低級ホムンクルスでもいてくれるだけで役立つし、採取して生産しておこう。

俺はデーモン達から、小さな魔石を取り外す。この場で作りたいところなのだが……デーモンの死骸って、素材の肉扱いされるのだろうか？

レシピノートを確認すると、『作る』が光っていた。どうやら肉に分類されるみたいだな。ということで、低級ホムンクルスを七体生産した。

それからは部屋の探索に移った。何か宝が落ちているかもしれない……期待を込めて探していると、宝箱が見つかった。ただし、油断は禁物だ。中級ダンジョンだし、罠かもしれない。慎重を期して、中級ホムンクルスに蓋を開けてもらう。

すると、中には剣が入っていた。罠はなかったみたいで、中級ホムンクルスも無事だったから一安心だ。剣を取り出してみると、鞘に豪華な装飾が施されている。抜くと刀身も綺麗で切れ味が良さそうだった。剣の鑑定なんて出来ないので、これがどのくらいの品質のものかは分からない。

鑑定といえば、こういうダンジョンの装備って、ゲームとかだと呪われて外せなくなることもあるよな。ついつい抜いてしまったが、うかつだったかもしれない。次からはすぐに装備せず、ダンジョンを出て、鑑定に回してから使うことにしよう。

ただ少なくとも、現段階で俺が生産する剣よりものが良さそうだ。中級ホムンクルスに装備させ、先へ進んでいく。

この部屋から、右・左・中央に道が分かれていた。さて、どの道に行くか……直感で右を選び、慎重に先へ進む。

狭い道を通っている途中、再びデーモンに遭遇し、撃退した。小さな魔石を取り、低級ホムンクルスを生産する。つーか、ダンジョンってめっちゃ魔物出てくるな。こんなにハイペースでホムンクルスを生産出来るのはありがたい。

ダンジョンの説明には、入るたびに構造が変わるとか書いてあった。つまり入るたびに魔物を倒したい放題ということだろうか。なら、かなり効率良くホムンクルスを増やせそうだ。魔石や大きい魔石を落とす魔物もいて、倒せるくらいの強さなら願ったり叶ったりだ。

最初は攻略自体を心配していたが、どんどん先に進んでみることにした。またも広い部屋に出て、デーモンに出くわす。こ、こいつらしかいないのか、このダンジョン？

本当は中級以上が生産出来る魔石がほしいところなんだが……まだ序盤だからしょうがないと自分に言い聞かせながら、ホムンクルス達と一緒に倒す。

低級ホムンクルスをさらに五体生産した。これで一気に十三体も増やせた。武器はなくても、魔法を使えるから、これだけいれば十分戦闘に役立ってくれる。

そんな感じで歩き続けたが、エンカウント出来たのはデーモンだけだった。全く苦戦せず、こちらに被害がないのはいいことなんだが、ただただ低級ホムンクルスが増え続ける結果になった。気付けば全部で三十体もの大所帯になってしまった。いや、これが目的だからいいことなんだけどな！

結局、最初の部屋以外に宝箱はなかった。代わりに、青い球体の載った台がある部屋にたどり着く。台には『次の階へ』と書いてある。入り口と同じ仕組みなら、この球体に触れれば、二階に転移するのだろう。

触ってみると球が光を放ち、全員が新しい部屋にいた。予想通りの展開だ。

なるほど、こうやって転移し続けて、最終階まで行くとダンジョンクリアになるのかな？　最終階にはお約束通りボスが出そうな予感がする。

しかし、ただでさえドラゴンの脅威に晒されているのに、今ボスに挑む余裕はない。せっかく増やしたホムンクルス達が倒されるかもだしな。魔石を大量にゲット出来たら、その時点で引き返した方がいいだろう。

21 ダンジョン2階

転移した二階の部屋を見回してみるが、一階と変わったところはない。飛ばされたのは魔物のいない広めの部屋で、ここにも離脱用の赤い球体が載った台が置いてあった。ってことは、上の階に進んでもすぐダンジョンを出られるんだな。意外と親切設計だ。でも、こんなに親切ってことは、出てくる魔物がめちゃくちゃ強くなってたりするんだろうか。

警戒しながら出入り口を抜け、狭い道を進む。道を抜けると広い空間に出るという構造で、これも一階と変わらない。違うところといえば、床が水で濡れていて、歩くたびにビチャビチャ音が鳴るってことだ。それに、なんか生臭い。部屋の中央が見える位置まで来ると、濁った色の池があった。いかにも何かが出てきそうな感じだ……

俺は低級ホムンクルス一体に池に近付いてもらった。

すると――バシャッと水飛沫が上がる。同時に、池から何かが飛び出してきた。

首から上はウツボのようで、身体は人型という奇妙な魔物だった。気味の悪い見た目で、ぞっとしてしまう。武器の槍を手にしていて、刃が十の形になっている。いわゆる十文字槍だ。

全部で五体いたが、チョウとタンがいち早く飛びかかった。俺は気持ち悪くて怯んでいたのに、魚だからいい餌だとでも思ったのだろうか……ウツボっぽい魚人の魔物なので、とりあえず『ウツボ人』とでも呼ぼう。

ウツボ人は、ゴブリンやデーモンとは段違いに素早かった。チョウとタンのスピードにすらついていっている。なんと二匹の攻撃をよけ、反撃してくる。

チョウが槍で突かれそうになり、慌てて盾で庇う。さらに低級ホムンクルスにアイスボールで攻撃させた。三十個のアイスボールが一斉にウツボ人達を襲うと、流石にウツボ人達も全てをかわし切れず、何発か当たった。

ダメージを受け怯んでいるところに、チョウとタンがとどめを刺した。五体いたウツボ人のうち三体が倒れ、残り二体も仲間がやられたのを見たせいか逃げようとする。

そこへすかさず、中級ホムンクルスのファイアーランスを食らわせる。池に逃げ込まれる寸前に、なんとか倒し切ることができた。

さて、素材採取だ。こいつら結構強かったし、中級用の魔石を持ってるかもな。

死体を調べていると、チョウとタンが物欲しそうな顔で見ていたので、食べさせてあげることにした。素材の肉が減り、この場でホムンクルスを生産出来なくなってしまうが、魔石は非常用に何個か取っておこうと思っていたので問題ない。

チョウとタンの食事中に別のウツボ人を調べる……おっ、これは小さい魔石じゃないぞ！　サイズや七芒星のマークから見ても間違いない。ウツボ人からは、中級用の魔石を取ることが出来た。

二体はチョウとタンが平らげたので、魔石自体は五つ採取したものの、戦闘特化ホムンクルスは三体生産するに留まった。二体が近接、一体が魔法だ。

近接ホムンクルスは、接近戦で使う武器ならなんでも使いこなせる。というわけで、先ほどウツボ人達が使っていた十文字槍を装備させた。

魔法ホムンクルスには装備は必要ないので、このままで大丈夫。ただし魔法の使用回数が切れると、何もできないポンコツになってしまうのが欠点だ……とはいえ、一日に二十回も魔法を使ってくれる。

こうして、ダンジョン攻略の目的だった中級用の魔石を手に入れることが出来た。しかも、戦力にもまだまだ余裕がある。これは先に進むしかない。もしウツボ人達がデーモン並みに出現するなら、えらいことになりそうだ。多少てこずったが倒せないレベルではなかったし、倒すたびに戦闘特化ホムンクルスを増やすことが出来る。

最終的にどんだけホムンクルスを作れるのだろうかと期待しながら、俺はさらに奥を目指す。

細い通路を歩いている途中で、何かに天井から突然襲いかかられた。俺は咄嗟に庇うが、間に合わない。やられそうになった瞬間、近接ホムンクルスが槍で魔物を突き刺す。

床に落ちていたのは、巨大なコウモリのような魔物だった。

さっきは何体かが一斉に襲ってきたのだが、仲間がやられた一瞬でどこかに逃げてしまい、全ては仕留めきれなかった。今のは危なかった……面倒な魔物もいるんだな。

死体を調べると、中級用の魔石を採取出来た。ただ、巨大コウモリの肉だけでは素材が足りないみたいで、『作る』の文字が光らなかった。仕方なく死骸を低級ホムンクルスに運ばせながら、先へ進んでいく。肉が増えたら、すぐにホムンクルスを生産するつもりだ。

そのうち、植物が生い茂る部屋に出た。森というより、ジャングルの中といった雰囲気だ。他の部屋と感じる雰囲気が違う。予感に過ぎないが、何かやばい魔物が出てきそうだ。

そんなことを思っていると、頭からラフレシアのような花が生えた人型の魔物が現れた。人型の植物といえば、アルラウネという名前が浮かぶ。こいつらは『アルラウネ』と呼ぼう。

アルラウネはかなりクサイ臭いを発している。先ほどのウツボ人とは違い、チョウとタンは威嚇はするものの、あまり戦いたくなさそうだ。嗅覚が人間より優れている分、アルラウネの臭いに近付きたくないのだろう。

植物なので、炎属性の攻撃に弱そうだ。魔法ホムンクルスと中級ホムンクルスにファイアーランスで攻撃させると、アルラウネ達に炎の槍が直撃し、思った通り苦しんでいる。

弱点ではありそうだが、一撃では倒せなかった。アルラウネ達が紫色の弾を放ってくる。色とい い、臭いといい、毒っぽい。

当たらないように距離を取ったまま、中級ホムンクルス達にも槍で攻撃させた。ファイアーランスのダメージがかなり大きかったのか、槍のダメージであっさり仕留められた。

死体を調べると、またしても中級用の魔石が獲得できた。素材となる肉についても、アルラウネは植物っぽいのでだめかと思っていたが、意外にも生産に使えた。人型の部分は素材に出来るようだ。

ということで、中級ホムンクルス三体、魔法ホムンクルス二体、近接ホムンクルス一体を生産した。戦闘特化ホムンクルスには戦闘に関する命令しかできないので、中級ホムンクルスも作っておく。

この部屋には宝箱もあった。先ほどと同じように低級ホムンクルスに開けてもらったが、罠はない。中身は、青い宝石のついた魔法の杖だった。マイナに買ってあげた初心者用に似ているが、あれよりも先端の宝石が大きい。きっとこれの方がランクが高いんだろう。

そこでふと思いつく。そういえば、ホムンクルスに杖を持たせるとどうなるんだろう。いつもは杖なしで魔法を使っているから、それが当たり前になっていた。

ホムンクルスに尋ねると、「私達が魔法の杖を所持の場合、杖の属性の魔法、使用回数に制限なくなります」と言われた。宝石の青色から連想するに、この杖を持たせれば水属性の魔法が使い放題になるってことか。それなら、是非魔法ホムンクルスに装備させておこう。

二階の探索を進めていくと、出会う魔物は全て中級用の魔石を落とした。結構厄介な強い魔物も出てきたが、倒すたびにホムンクルスが生産出来、戦力が増強される。おかげで難なく乗り切れた。

現在中級ホムンクルスと戦闘ホムンクルスの合計は二十体を超えている。低級ホムンクルスも合わせると、五十体以上がいる。ちょっとした軍隊を手に入れた気分だ。しかも、戦うたびに消耗するんじゃなくて、どんどん増えていくとは……ダンジョンに来て気付いたが、これ、結構チートなスキルだよな……ここまで戦力を強化出来たから、温存したまま領地に持ち帰りたい。

そう考えていると、ちょうど上階へ続く転移の球体を見つけた。次の階をクリアしたら、そこでいったん戻るか。

22　脱出

三階も最初に転移した部屋は広く、五十体を超えるホムンクルス達も全員が入れた。これだけいれば二、三体ならやられてもいい……なんてことは思わずに、なるべく一体も死なせないように気を配りながら進む。

三階にはウツボ人・アルラウネ・巨大コウモリなど二階と変わらない魔物達が出てきた。すでにある程度行動パターンは掴んでいるので、苦戦せず倒せた。

さらに近接ホムンクルスを二体、遠距離ホムンクルスを一体、魔法ホムンクルスを二体、中級ホムンクルスを五体生産する。近距離が有利なダンジョン内で遠距離ホムンクルスを生産したのは、宝箱から弓と矢五十本が出てきたからだ。射程がありそうな長い弓で、ドラゴンの迎撃に役立ちそうだった。

三階の探索を続けていると、大きな扉を見つけた。ただし、鍵がかかっていて開かない。力ずくでこじ開けようとしてもビクともしない。何か魔法でもかかっているんだろうか。

鍵がどこかに隠されているのか……まだ三階を全てクリアしていなかったので、しばらく歩き回った。すると、中央に台座が置かれた部屋を発見する。台座の上には、鍵らしきものが載っていた。

早速入って、低級ホムンクルスに鍵を取らせる。その瞬間、台座が地面に呑み込まれてしまい、部屋の出入り口に鉄の扉が落ちてきた。

な、なんだ⁉　慌てて扉に駆け寄るが、開けられない。

俺と共に部屋に入ってこられたのは、戦闘特化ホムンクルス二十体とチョウとタンだけ。廊下に待機していた他のホムンクルス達とは分断されてしまった。だけど扉に挟まれて潰されてしまったホムンクルスはいなかったみたいで、そこはホッとする。

とはいえ、この部屋の出入り口は一つしかなく、塞がれてしまっては出ることも出来ない。

なんとかして扉を開けようと考えを巡らせていると、先ほど台座が呑み込まれた場所に、突然穴が開く。その穴から何かが飛び出してきた。

その何かが、重そうな音を立てて着地する。人型……ではあるが、全身が鋼色で、表面に光沢（こうたく）を帯びている。金属で出来ているみたいだ。顔はのっぺらぼうで、視覚があるのか分からなかった。

とりあえず、『鉄人』と呼ぶことにした。

こいつが出てきた穴は、すでに塞がってしまっている。ダンジョンのセオリー的には出入り口の扉を開けるには、こいつを倒せばいいと思うのだが……まだ敵かどうか判別出来ない。

俺は中級ホムンクルスを前衛にして、少し近付かせてみた。すると鉄人が両手を剣に変化させ、ホムンクルスを襲う。

やっぱり敵だった。しかも相当手ごわそうだ。

俺は鉄の盾で、ホムンクルスを庇う。なんとか防げたが、かなりの速度だ。近接ホムンクルス達に槍で突かせるが、体が金属なので全く効いていない。ちょ、こいつ硬すぎないか!?　攻撃が通らん。鉄だから当然かもしれないが、全くの無傷というのは想定外だ。

チョウとタンの力でも鉄にダメージを与えるのは無理だろう。ど、どうやって倒せばいいんだ……魔法か!?

敵の素早い攻撃を近接ホムンクルスに受け止めさせつつ、魔法ホムンクルスと中級ホムンクルスに魔法を撃たせる。何が効くかさっぱりなので闇雲に使っていったところ、炎属性が効いた。一見外傷を負ったようには見えないが、苦しそうに動きを止める。

ただ、そこまで体力を削られている感じではない。今いるホムンクルス達では魔法の使用回数に限度がある。その回数内に、なんとか倒し切らないと……

近接ホムンクルスの奮闘もあって、鉄人の攻撃を防ぎつつ魔法を当て続ける。

しかし、相手もやられっぱなしではない。鉄人の頭が変形し、細かい棘(とげ)を作る。それを一斉に撃ち出してきた。

何本かがホムンクルスに命中する。額に当てられたホムンクルスが、倒れて動かなくなる……し、死んじゃったのか!? 額には星のマークが刻まれているので、そこが弱点というか、コアみたいなものがあったのかもしれない。

動かなくなったホムンクルスは二体。近接と魔法が一体ずつだ。ただ鉄人も、棘を放ったら動かなくなった。

最後の攻撃だったのか? いや、よく見ると頭が少しずつ復活してきている。元通りになったらまた襲ってくるに違いない。完全に復活する前に仕留めないと!

ホムンクルス達に炎属性の魔法による一斉攻撃を命じる。魔法ホムンクルスと中級ホムンクルス達が、ファイアーランスなどの強力な魔法を乱れ撃ちした。俺とチョウとタン、近接ホムンクルスは後方に避難しなきゃ危ないほどのすごい火力だ。

しばらくすると魔法の回数限度に達し、ホムンクルス達の攻撃がやむ。

これで死んでいなければ、魔法の回数が復活する翌日まで待たなきゃいけないが、そこまで戦うのはとても無理だろう。鉄人の身体に傷は見当たらない。だが頭が元通りになったのに、ピクリとも動かない。

しばらくすると、身体を形作っていた鉄がドロリと溶け、中から巨大な貝の中身のようなものが出てきた。

こいつ、貝の魔物だったのか!? 出入り口を見てみると、扉が開いていた……倒せた、ってことだよな？

ところで、こいつに魔石はあるんだろうか？

調べてみると、死体のすぐそばに魔石が転がっていた。しかもこれ、中級用の魔石じゃない。サイズからして、大きな魔石じゃないか!? 拾い上げると八芒星が描かれている。間違いない、大きな魔石だ。これで特殊ホムンクルス２号『レヴィ』が作成できるぞ！

……と喜んだのも束の間。バキッと魔石が音を立てたかと思うと、割れて粉々になった。

ええ!? どういうことだ!? 魔石は熱に弱いのか!?

でも中級用の魔石はファイアーランスが当たっても、壊れなかったけどな……大きい魔石だけは特別繊細なんだろうか？

ぬか喜びしてしまい、がっくりと肩を落とす。しかしよく見ると、死体のそばにはもう一つアイテムが落ちていた。両手で抱えるくらいのサイズの鍵……探していた扉のやつに違いない。攻略が進んだだけでも、よしとするしかないな。俺は部屋を出て、大きな扉へ向かった。

鍵はやはり大きな扉のもので、部屋に入ることが出来た。中には次の階へ転移する球体と、豪華な装飾をされた宝箱があった。見た目が今までの宝箱とは全然違う……なんか凄くレアな物が入っていそうで、期待が持てるな。

またしても念には念を入れて、低級ホムンクルスに開けてもらう。宝箱に鍵はかかっておらず、あっさりと開いた。

中にあったのは腕輪だった。真紅の宝石がついている。ただの高価な装飾品なのか、それとも、特別な効果があるんだろうか。

装飾品なら売るか、誰かにプレゼントしようと思うのだが、ちゃんと確認してからのほうがいいだろう。実は呪いの装備で、身につけると大変なことになるなんて可能性もゼロじゃないからな。

問題はどうやって調べるかだ……フラメリウムに鑑定士がいたはずなので、探してみるか。ダンジョンなどで手に入れた品物の価値や効果を調べてくれる職業だ。

三階までクリア出来たことだし、今回はこれまでにしよう。

しかし、すごい収穫だったな。たった一回ダンジョンに行っただけで、六十体以上のホムンクルスと、武器や宝を手に入れた。これは、もっと頻繁にダンジョンに挑むべきだろう。三階までならそんなに時間もかからなかったし、何十回も行けばホムンクルスの軍隊を作れそうだ。

俺は三階の最初の部屋に戻る。この赤い球体に触れれば離脱出来るんだよな。

三十秒ほど触っていると、入った時と同じように、ダンジョンの外に転移した。

地上はすっかり夜になっていた。これだけホムンクルスがいれば、夜道でも危険はないだろう。でも疲れもあるので、念のため明るくなるまで休んでから領地に戻った。


「ど、どうしたんですか、そのホムンクルスちゃん達……!?」

領地に帰ると、大量のホムンクルスを引き連れているのを見て、アイナに目を丸くされた。無理もないよな。行く時は中級数体だけだったんだから。

「ダンジョンで作ってきた」

「す、凄いです……こんなにいっぱいいるなんて！　これで領地も安心ですね」

アイナと談笑していたら、突然「あ、ゼンジ様！」と声がして、ベルフェが俺に抱き着いてきた。

「お、おい!?」

驚いて離れさせようとすると、「すーすー」と寝息が聞こえてきた。ね、寝たのか!?　この一瞬で!?

「あー、ベルフェさん、ゼンジさんが心配で珍しく全然眠れなかったみたいなんですよ。安心して寝ちゃったんですね」

アイナがくすりと笑う。

そ、そうだったのか……いい加減な性格の奴だと思っていたのに、そこまで心配してくれていたのか。悪いことをしたかもな。今後はなるべく一緒に行動しよう。これだけ戦闘特化ホムンクルスがいれば、しばらくベルフェなしでも領地の防衛は問題ないだろうし。

大量のホムンクルスを生産出来たので、早速働いてもらうことにする。戦闘特化ホムンクルスは防衛か狩りの命令しか出来ないが、他のホムンクルスには与える役目を考えないとな。

今取り組んでいるのは防壁生産だから、まずは石材を集めたいな。ドラゴンに備えるために鉄鉱石も採集量を増やしたい。

あと、釣りをして魚を取ってきてほしい。ダンジョン攻略でチョウとタンが魚を求めているのが分かったし、俺も食べたいからな。食生活が豊かになるのは良いことだろう。

フラメリウムと取引を行うホムンクルスも増やしたらさらに発展が早まるだろうし……って考えたらやることが山積みだな。

まずは釣り竿やツルハシなどの道具を生産する。ここでスキルレベルが23に上がった。ホムンクルス達に道具を持たせて、それぞれに指示を出す。

防壁の建造を進めたかったのだが、まだ十分に石材が集まっていない。ダンジョンの疲れが溜まっていたので、俺は明日まで休憩することにした。

23　防壁と鑑定

翌日――ホムンクルスを増員した甲斐もあって、石材がだいぶ溜まっていた。これなら防壁を完成させられそうだ。作業を続けると、ついに主な建物のある拠点を防壁で囲むことが出来た。まだ領地を全部囲うことは出来なかったが、おいおい取り組んでいこう。

石材が余っていたので、ついでに塔をもう一つ生産した。これで拠点の南北に塔が設置できた。盗賊程度の敵だったら、どこから襲われても攻め込まれることはないだろう。

「ゼンジさん！　ちょっと来てください！」

防壁を生産し終わったところで、アイナに呼ばれた。

「どうしたんだ？」

「栄養草がだいぶ育ったんですけど、これで収穫していいのか確認したくて」

一緒に畑に行くと、一面に黄色い草が生えていた。栄養草の種は六百個以上植えており、それが全部育ったようだ。前見た時、もうすぐ収穫出来そうだと思えるくらいには育っていた。あれから数日経過しているし、もう十分だろう。

「よし、早速収穫しよう」

「はい！」

全部で六百四十本の栄養草が収穫出来た。栄養草は全て種に変え、また栽培するつもりだ。

今はフラメリウムから食料を仕入れているので、栄養ポーションに頼りきりの状況からは抜け出せている。だがドラゴンの件もあったし、これから何が起きるか分からない。食料が手に入らなくなった時のため、栄養ポーションを備蓄しておきたい。

「じゃあ、この種をもう一回植えようか」

種は千個以上になったので、ホムンクルス達にも手伝わせながら、領民達と一緒に埋めていく。

うーん、森で一本一本採取していた頃を考えると、こんな風にたくさん手に入るなんて思いもしなかったな。やっぱり領地が育っていくのには達成感がある。ついでに、ほかの作物の様子も眺めにいってみるか。

命の草も順調に育っているようで、赤い芽が徐々に生えてきている。命の草もかなりの種を作ったので、めちゃくちゃ収穫できそうだ。半分は種にするのだが、これから楽しみだな。他の食用作物も問題なさそうだ。領民達は元農民の者が多いから、安心して任せられる。

ただ、畑といえばもう一つ課題が残っている。川から水を引くことだ。

現時点ではホムンクルス達に水を汲んでこさせるやり方でなんとかなっているが、これから領地を拡大したらだんだん間に合わなくなってくるはずだ。

水を引くのは大仕事だが、これさえ終えれば水汲み係のホムンクルスを別の役目に回せるようになる。防壁が出来て石材を集める必要がなくなったから、そのホムンクルス達にやってもらおう。問題は、用水路の作り方だ。かなり複雑な技術が必要な気がする。ただ水源から溝を掘るだけじゃダメだと思うし、細かい指示もなしにまともなものを作るのは無理だろう。

元農民の人が多いし、領民達で誰か作り方を知っている人はいないだろうか？　そう思って尋ねてみたら、マリーナが分かるという。用水路作りに参加したことはないが、村で作り方を教えてもらったことがあるそうだ。元々、物知りだと思っていたが、記憶力がいいのだろう。用水路の引き方もちゃんと覚えているらしい。ありがたい限りだ。

用水路作りはマリーナに任せることにして、ホムンクルス達にはマリーナの指示を聞くように命令した。

さて、領地での仕事はあらかた終わったし、フラメリウムに向かうか。

ダンジョンで手に入れた例の腕輪の価値を調べないとな。それ以外にも、新しい領民の勧誘を行いたい。町がドラゴンに襲われ、家が破壊され難民となった人々もいるだろう。そういった居場所を探している人達を領民にしたいと思っている。

前回は俺だけで行って、勧誘に失敗したからな……今回はアイナも連れていこう。アイナも連れていくなら久しぶりにマイナも連れていってあげたい。問題はベルフェだが……ダンジョンの時のことを考えると、遠くまで行く時は、なるべく連れていった方がよさそうだな。戦闘特化ホムンクルス達も増産出来たし、防壁も出来たし、ちょっとやそっとでは領地が侵略されることはないだろう。

俺はアイナとマイナ、ベルフェに加え、戦闘特化ホムンクルス数体、馬ホムンクルスと一緒に領地を出発した。


久々に見たフラメリウムは、結構様子が変化していた。ホムンクルス達が以前通りに取引出来ていたので、問題なく復興したと思い込んでいたのだが……

といっても、ドラゴンによる被害はあまり感じられない。たまに道が焦げていたり、壊れている建物もあったりするが、そんなに多くはない。

ただ住民の雰囲気が違うのだ。かなりピリピリしていて、数多くの兵士が町をうろついている。

アイナが不安そうに尋ねてくる。

「なんか怖いですね。領主さんが変わったからでしょうか……」

「そうっぽいな。強引に領主の座を奪い取ったみたいだから、復讐されないか警戒しているんだろう」

「でも、これだけの警戒の中で、ホムンクルスちゃん達はよく取引出来ましたね」

「……そういえばそうだな」

ホムンクルスって珍しいみたいだし、外見も見る人が見たら怪しいだろう。なんで取引できたんだろうか……復興中みたいだし、商業活動は邪魔しない方針なのかな？　あまり厳しく取り締まっても領民から反感を買うだろうし……

そんなことを考えていると、市場に着いた。俺の予想はそんなに外れていなかったみたいで、相変わらず盛んに色んな品物が売り買いされている。

俺はアイナに尋ねてみる。

「腕輪を鑑定できる店ってあるか？」

「うーん……ごめんなさい、私には分かりませんね」

「そうか、じゃあ誰かに尋ねるか……」

辺りを見回していると、アイナが声をあげた。

「そうですね……あ、ベルフェさん！　寝ちゃダメです！」

ついてきていたベルフェが、路上で寝ている。アイナに叩き起こされるが、不服そうな顔だ。

「えー……どっか寝る場所ないの？」

「せっかく連れてきたんだから、なるべく一緒に歩いてくれよ」

「うー、面倒くさい……」

お前、俺と離れるのが心配とか言ってたのに、来たら来たでこれかよ！　やっぱりベルフェはマイペースな奴だ。

ベルフェは半眼のままふらふらと歩く。本当にちゃんとついてくるのか不安になったのだろう、アイナはベルフェの手を取って歩き出した。

「よし、じゃあ行くか……ってあれ？　マイナは⁉」

ベルフェに気を取られていたら、今度はマイナの姿が見えない。慌てて見回すと、近くの露店を眺めていた。急いでそばに駆け寄る。

「おにぃちゃん、このいしきれいだよ」

露店に並べてある石を指さしてマイナが言う。確かに綺麗な緑色の石であるが、それは置いておいて――

「駄目じゃないか。勝手に離れたりしたら」

「えー？　でもいしがきれいだったし」

俺はこういう時、思いっきり叱ることが出来ない……子供の相手って、どうしたらいいのかよく分からないんだよな……

「あ、ゼンジさん、マイナ！」

すると先に行っていたはずのアイナが、ベルフェを引っ張りながら引き返してきた。

「もう駄目じゃないマイナ！　勝手に離れたりしたら！」

「えー」

アイナは、マイナをしっかりと叱りつける。それからマイナと手を繋ぐが、色んな場所に興味を示すマイナと、気だるげにダラダラ歩くベルフェでは歩くペースが全然違う。両手をつないでいるのが難しそうだったので、俺がベルフェのお守りをすることにした。

ベルフェの手は温かくて、柔らかい。ホムンクルスではあるが、女性と手をつないだ経験なんてないから、ちょっとだけドキドキ……って何考えてんだ俺！

気を取り直して、市場の商人に鑑定士の居場所を聞いて回る。

「ここいらじゃ、バーカイツのやっている鑑定屋が一番有名だな。金もかかるが精度も高いぞ。あー、わざわざバーカイツに頼まなくても、俺も一応鑑定くらいは出来るがどうだ？　一回千ゴールドでやってやるぞ？　前金として五百は貰う。分かったら、残り五百をもらうってのでどうだ？」

商人が熱心に売り込んできたが、仮にわからなかったら五百ゴールド損するだけなので、ここは丁重に断ることにした。商人はそんなに悪い奴ではなかったようで、断ったにもかかわらず丁寧にバーカイツの鑑定屋の場所を教えてくれた。俺は礼を言って、鑑定屋を目指す。

少し古びた家に、鑑定屋という看板がかけてある。

「お、いらっしゃい。鑑定の依頼か？」

中に入った瞬間、細身で長身の男が声をかけてきた。

「ああ、そうだ」

男は店の棚の整理をしているところだったのか、タンスが開いている。中には俺には分からないような奇妙なアイテムがぎっしり詰まっていた。

「ちょっと待ってくれ」

男はタンスを閉めて、店の奥へ姿を消す。しばらくして戻ってくると、先ほどまでラフな作業着を着ていたのに、執事服のような格好をしていた。わざわざ正装してきたのだろうか……なんか、変わった人だな。

「俺は鑑定士のバーカイツ。フラメリウムじゃ一番の鑑定士だと自負している。一回三千ゴールドで鑑定してやるが、持ってるか？」

「ああ」

念のため十万ゴールドほど持ってきた。しかしさっきの商人の三倍か……よほどしっかりした鑑定をしてくれるんだろうな。

「じゃあ、依頼品を見せてくれ」

俺はダンジョンで手に入れた腕輪を渡した。

「ちょっと時間を貰うがいいか？　早くて三十分、遅くて一日だ。まあ、すぐに終わらなそうなら三十分後にもう一度声をかけるから、それまでここで待っていてくれ」

「え、料金はどうするんだ？」

まだ支払いを済ませていないので、驚いて尋ねる。

「ん？　当然、終わった後、全部払ってもらう。仮に鑑定に失敗した場合は、一ゴールドも払わなくていいぞ。そんなことはあり得ないと思うがな」

バーカイツはニカッと笑うと、自信満々に言い放った。

それから、待つこと三十分――バーカイツは素早く鑑定を終えてくれた。

「こりゃ高品質の『スピードアップの腕輪』だ。装備するとスピードがかなり上がるぞ。ただ使用時間に制限があって、累計二十時間以上使うとぶっ壊れる。というか、身につければ効果が分かる代物なんだが、試さなかったのか？」

「ああ、なんか怖いだろ」

「まあ、呪われている装備もたまにあるからな。鑑定前のものは使わないのが賢明だ」

俺は三千ゴールドを支払い、スピードアップの腕輪を受け取った。早く試してみたいが、街中では迷惑がかかるから、草原に出てからにしよう。

24　新しい領民

鑑定を終えたところで、新しい領民を探し始める。ただ政変の起きた直後であるフラメリウムの現状を考えると、あまりおおっぴらに領民集めしていたら、トラブルを起こしてしまうだろう。なるべく目立たないように勧誘しないとな。

町中で声をかけられそうな人がいないか探してみる。領民となってくれそうな人はなかなか見つからなかった。

しばらく歩くと、何やら二十人ほどの男達がたむろしているのを見かけた。フラメリウムの城の前で、門番と口論している。すると城内から武装した兵達が出てきて、男達に槍を突き付ける。武装していない男達は、苦々しい表情で立ち去っていった。

「なにか事情がありそうですね。尋ねてみましょう」

アイナがそう言って男達に近付いていく。俺も慌ててアイナを追いかけた。

「なんだ、あんたら」

そばに行っただけで睨まれる。どうやら気が立っているようだ。

「どうしたのか気になったんです、何かお困りになっているのかと思いまして……」

アイナが聞くと、男の一人が舌打ちして答えた。

「困りまくってるよ。俺達はここの兵士だったんだ。だが領主が変わった途端、いきなり解雇されちまったんだ」

「え、どうしてですか？」

「知らねーよ。何か事情があるんだろうが、教えないの一点張りだ。俺達が兵士達として実力不足ならまだ納得も出来るが、弱いのに残された奴も結構いる。むしろ、俺は兵士達の中でもそこそこ腕の立つ方だったんだ……それなのに、なんでだよクソ……」

男は悪態まじりに打ち明けてきた。こちらから話しかけたとはいえ、すぐに内情を教えてくれるということは、かなり困っているんだろう。

「他に行く当てはないんですか？」

「……ここにいる全員、どうしたもんか途方に暮れているところだ。俺には女房と子供もいるってのに、冒険者にでもなるしかないのかねぇ……だが冒険者はよっぽど強くなきゃ、安定しない職業だし、俺達程度の腕でやっていけるのか……傭兵になるって手もあるが、これも同じく安定はしねぇな……」

男のため息を聞いて、アイナが俺の顔をちらっと窺う。

「なら、俺の領地に来ませんか？」

俺は男達に提案した。

「領地？」

ギロっと睨まれて若干怯みつつも、領地のことを詳しく説明する。

「……そういや、噂に聞いたことはあるな。凄腕の錬金術師が草原に村を作っているって。確かにホムンクルスを連れているし、あんたがそうなのか？」

「えっと……まあ、そうです」

本当は錬金術師ではないんだけど、そっちの方が話が早いならここは肯定しておこう。

「まだまだ人が足りないので、領民を募集しているんです。最近は物資も充実してきたし、不自由はしないと思いますよ」

男は悩んでいる様子だ。マリーナさん達は他に選択肢がなかったので、すぐ誘いに乗ってくれた。

一方、この人達は気が進まないとはいえ、冒険者や傭兵という選択肢が残されている。

よく知りもしない俺の勧誘に、いきなり乗ってくれるかは分からない。

「……俺達は戦うこと以外は役立たずだぜ？」

しばらく考えたあと、男が口を開いた。まんざらでもなさそうな雰囲気に、俺は笑顔で応える。

「兵士は欲しかったところですし、十分です」

領地の防衛はホムンクルスに任せているが、寿命がある。人間の兵もいてくれる方がありがたい。

現状戦える人間も、男手も俺だけだし。

「そうか。あんたが例の錬金術師なら、ホムンクルスを使ってかなり取引をしているようだし、金はありそうだよな。不便のない生活が出来るってのも、嘘じゃねーかもな……」

意外なことを言われた。どうやら俺の噂はいつの間にか広まっていたみたいだ。

このまま有名になったら、誘わなくても領地を訪れる人が出てきそうだ。しかし、フラメリウムから目を付けられるというデメリットもある。争いごとになってしまうのは流石に避けたい。ホムンクルスを増やしまくれば、そう簡単にやられはしないだろうけど……

「よし。乗ったぜ、その話。お前らはどうする？」

まず男が賛同してくれた。他の兵士達も、全員が行くと返事をしてくれた。

「ここにいる全員に加えて、嫁と子供がいる奴は、家族も一緒に行くことになるだろうが、大丈夫か？　全員で三十五人くらいになると思うが」

「えーと、問題ないですよ」

それくらいなら、なんとかなるだろう。家を建築する木材もあるし、畑も育っているし、物資を買う資金も稼げている。この人達は元々、フラメリウムの住人だったから、家財や服は持ってきてもらえるだろう。

「分かった、なら場所を教えてくれないか？　準備が整い次第向かう」

「分かりました」

家族に説明したり、荷物をまとめたり、色々準備が必要だから、拠点に到着するまで時間はかかるかもしれないということだった。護衛が必要か尋ねたが、元城兵なので必要ないとのことだった。

「そういえば名乗るのが遅れたな。俺の名はフォーム・ドマーズ。追い出された連中の中じゃ最年長なんで、リーダーみたいな役をしている。あんたは？」

「鳥島善治です」

「これからよろしくな」

俺とフォームは堅く握手を交わした。


領地に帰るために町の外に出たところで、腕輪の効果を試すことにする。腕輪をはめると、移動スピードがかなり上がった。普段は大した身体能力もない俺が、百メートル十秒切れるんじゃね？という速度で走ることが出来た。

とはいえ、直接戦わない俺にはあまり必要ない。逃げ足が速くなるので、ピンチの際に使えば助かるかもしれないが、どちらかというと戦いに役立てたい。

ホムンクルスにもつけさせてみたが、効果がないようだ。人間じゃないと駄目なのだろうかと思いつつベルフェに試すと、なぜかベルフェには効力があった。やっぱりベルフェは普通のホムンクルスとは根本的に何かが違うのだろうか。材料は一緒なのにな。

元から速かったのが強化され、とんでもない速度で走る。目で追うのが困難なくらいのスピードだ。これだけ速ければ敵の攻撃なんか絶対に当たらないだろう。いざという時の切り札にしてもらうため、腕輪はベルフェに持たせることにした。強敵に遭ったら身につけてもらう。


こうして数日後、俺達は無事領地に帰還した。

俺は早速皆に、新しい領民が増えることを伝える。

「新しい領民が来るのかい?」

「ああ、三十五人くらいで、家族連れもいる」

「へー、男もいるのかしら?」

「元城兵の人達だから、大体が男だぞ」

「あらそう! ここには男がいないからねー。女だけってのも悪くはないけど、子供のいない私なんかは相手が欲しいからね」

幸い新しく領民が来ることには、反対する者はいない。むしろ歓迎ムードだ。

だが、男がいないと言われて軽く傷付く。俺は男扱いされてなかったのか。まあ、悪人面だからな……年も大分下だし。

若干ショックを受けている俺を、アイナがフォローしてくれる。

「あら、男ならゼンジさんがいるじゃないですか」

「ゼンジさんはアイナの旦那さんじゃないの」

「そうよ。流石によその旦那を寝取るなんて出来ないわよ～」

「え、えええ!?　ち、違いますよ！」

アイナは慌てて否定する。

「え？　違ったの？　私てっきり……」

「マイナちゃんも二人の子供だと……」

俺とアイナは夫婦だと勘違いされていたのか!?　そういえば明確な関係性を詳しく説明していなかった気がするが……まさかの展開に唖然とする。

何も言えない俺に変わってアイナが説明する。

「マイナは私の妹です！　ゼンジさんは命の恩人だけど、旦那さんではありませんよ！」

「そうだったんだぁ」

「じゃあ、私達もゼンジさんにアプローチしてもいいんだね？」

「……え？」

アイナが一瞬困ったような表情を浮かべる。な、なんか妙な話になってきたぞ。

領民達が俺にすり寄ってきて、今度一緒にご飯を食べようとか、次は私も町に連れていってとか口々に言われる。な、なんだこれは、モテ期か？　人生初めての経験に俺はパニックになる。

「も、もう！　からかわないでください！」

アイナが顔を真っ赤にしながら叫んだ。

「冗談よ～」

「今は旦那さんじゃないけど、将来は分からないもんね～」

な、なんだ……領民達の行動はふざけ半分だったようだ。やめろよ！　非モテをおもちゃにすんなよ！　一瞬本気にしただろ！

アイナも頬を膨らませて「もう～」と怒っている。

「ごめんなさいゼンジさん、私なんかの旦那さんって誤解されて、迷惑でしたよね……」

「え？　い、いやそんなことないけど」

むしろアイナの方が迷惑だったろう。アイナは可愛いし、俺は顔が良くないし。でも、この反応……もしかして俺のことが……いや、待て待て！　ありえん！　俺みたいなのに女が好意を持つわけがない！　そりゃ仲間意識みたいなのはあるだろうし、嫌われているわけでもないだろうけど、それと恋愛感情は別だ！

せっかく問題なく過ごしてるのに、ここでも犯罪者扱いされたら生きていけない。勘違いすると痛い目に遭うから、絶対にやめよう、うん……俺はそう固く心に誓った。

そのあと、俺はやってくる新しい領民達のため、家を生産した。それから中級ホムンクルス達に生命力ポーションの販売と、大量の食料の仕入れをお願いする。

それと、寿命を迎えそうになったホムンクルスがいたので、今までのお礼を伝えてから強化ポーションに変えさせてもらった……ちなみに寿命が残り三日になったら、自己申告しに来るようホムンクルス達に頼んである。少し可哀そうではあるが、これも命を無駄にしないためだ。

ポーションを飲ませたベルフェのステータスは、生命力・攻撃力・防御力・速度が4、他の数値が2上がった。最初に飲ませた時と同じ上昇値だ。

数日後――フォーム達が拠点へやってきた。兵士とその妻や子供をあわせて、人数は総勢三十二人だ。内訳は男の兵士が二十人、その妻が五人、子供達は男の子が四人、女の子が三人だ。年齢はまだ一歳の子から、十二歳の子まで幅がある。

フォームが新しい領民を代表して挨拶をする。それから全員が自己紹介をしあった。正直一回聞いただけでは覚えきれなかったが、ぼちぼち顔と名前を一致させていこう。

それぞれの領民達は会ったばかりだが、初対面の感触は悪くなさそうだ。新しい領民は思ったよりも独身の者が多く、女性ばかりの元の領民達を口説きだしている者までいた……いきなりすぎるだろとは思うけど、仲が悪いよりはいいに越したことはないか。

生産した家も作りすぎたくらいだったし、まだまだ受け入れる余裕がある。これからも領地の発展のため、領民を増やすための活動を続けていこう。

新しく領民になった兵士達が馴染めるか分からなかったけど、拠点の生活水準に不満はないようだ。まだまだ開発しきれていないと思うのだが、フラメリウムでもそんなにいい暮らしが出来ていたわけではなかったらしい。

新しい領民達には、兵士として活動してもらうつもりだ。俺は数体の戦闘特化ホムンクルスに、男達の指示に従うよう命令する。

ホムンクルスは自発的な行動は出来ないので、命令以外のことに臨機応変に対応できないのが弱点だ。人間の兵士と行動を共にし、指揮をとってもらえれば、その欠点もなくなる。

俺一人で全てのホムンクルスに細かい指示を出すのは無理なので、兵士達にその役目を担ってもらえれば、領地の防衛力はさらに上がるだろう。

ただ。不安もある。兵士達はまだ領民になったばかりだし、個人の戦闘力も普通より高い。ホムンクルスの指揮権を全て渡してしまえば、フラメリウムみたいに乗っ取りに遭う可能性もゼロではない。だからホムンクルス達にあらかじめ「俺や領地、領民達の安全を脅かすような命令をされても絶対従うな」と伝えることで対処した。これならまず悪用出来ないはずだ。

リーダーであるフォームは、兵士達の指揮官的な立場だったらしい。まずはフォームにホムンクルス達を預けることにする。

正直、もしも敵に攻め込まれて戦いが始まったら、俺よりもフォームの方が的確な指示を出してくれると思う。戦いの経験に圧倒的な差があるからだ。

これで俺が多少長く領地を留守にしても安心だろう。ベルフェを連れてダンジョンに行ってもいいかもな。もう一度出かけてみるか……そんなことを思っている最中に、フラメリウムからホムンクルス達が戻ってきた。

食料と生命力ポーションを売ったゴールドを持ち帰ってくれた。だが、なぜかゴールドが思ったよりだいぶ多い。俺の予想の倍はある。

「なんでこんなにゴールドが多いんだ？」

理由を尋ねてみると、ホムンクルスが教えてくれる。

「フラメリウム近隣の町、ブラックドラゴンが出ました。上級の冒険者達、生命力ポーションを探し、たくさん買う噂を耳にしました」

ブラックドラゴンが現れた!?　追い払われたはずだが、また活動しだしたのか……いよいよ他人事じゃなくなってきたな。せっかく育ってきたこの領地が襲われてしまう可能性だってある。上級の冒険者達が生命力ポーションを買い集めているのも、ブラックドラゴン退治のためだろう。

うーん……拠点の防衛力は高めたが、ブラックドラゴンを討てるほどの自信はない。フラメリウムほどの大都市でようやく追い払えるレベルだしな。

出来ることなら、襲われる前に領地以外の場所で倒しておきたい。冒険者達も動いているとなると、協力しあうことも可能なんじゃないか？　ここは情報を集めて、先手を打って倒すつもりでいた方がいいだろう。俺はブラックドラゴン退治に向けて、買い物ついでにブラックドラゴンの出現場所など、詳しい情報を集めてくるようホムンクルス達に命令した。

25　到着

ボク――桜町メイと、メーリスはポロナイズ地方の都市・ペントスに来ていた。ペントスは海に面している。海路が一番早いので船を使ったんだけど、乗り心地が悪くてかなり酔ってしまった。

メーリスはヒーラーの力もあるから船酔いを治せるのかと思ったら、駄目だった。大怪我しても治してくれるのに、なんで船酔いは治せないんだ……気持ち悪い……

ボクは先に宿を見つけ、休憩して船酔いが治ってからブラックドラゴンの情報を集めることにした。

この町にも冒険者ギルドがあったので、まずはそこに向かう。

ボクは他人に話しかけると緊張しすぎてカチコチになってしまうので、基本的に聞き込みはメーリスに任せっきりだ。メーリスは無口だけど、口下手ではない。必要があれば誰にでも話しかけられるタイプだ。この前なんか、顔に大きな傷のある、見るからに怖そうな人にも躊躇いなく話しかけていたから、びっくりした。

メーリスがブラックドラゴンについて聞き込みをしている間、ボクは周りの冒険者達の会話に聞き耳を立てる。自分なりに情報収集をしているつもりだったのに、挙動不審すぎたのか声をかけられて、慌てて逃げる羽目になった……情けないけど、メーリスを待つしかない。

戻ってきたメーリスが教えてくれた。

「この町に詳しい人はいない。フラメリウムという都市に行くのがいい」

「どこにあるの、それ?」

メーリスは地図を出して、フラメリウムを指さす。ここから南西方向の町だ。結構遠いから、急いで行っても五日くらいはかかるだろう。まあ、でもここで分からないんじゃ、行ってみるしかないよね。

「じゃあ、フラメリウムまで行こうか」

メーリスは無言で頷く。お金をなるべく節約したいので、徒歩で向かうことに決めた。ボク達は冒険者ギルドを出ると、ペントスから出発しようとした。その時――

「!」

上空から何かに見られている気配がして、咄嗟に上を見る。小さな鳥が数羽飛んでいたけど、それ以外に変わったものは何もない。

「また？」

メーリスが尋ねてきた。

最近、何かに見られているような感じがするんだ。もしかしたら気のせいなのかもしれないけど……なんだか嫌な予感がする。ボクは胸騒ぎを覚えながら、フラメリウムに向けて歩き出した。

○

「桜町ちゃんはフラメリウムに向かうみたいね～」

工藤晶子はスキルを駆使して、桜町メイの行動を監視していた。

晶子の前には、複数の画面が表示されており、その一つにメイの様子が映し出されている。

晶子のスキルは、『生物操作』というものだ。生物を意のままに操ることが出来る。ただし、人間などの高度な知能を持つ生物は操れない。

まず、操作可能な生物に針を突き刺す。すると、その生物の視点が映された画面が表示される仕組みになっている。画面はスキルの所持者にしか見えず、画面を出したり消したりするのも、所持者の意のままだ。

この針が刺さっても生物に痛みはなく、怪我を負うことも気付かれることもない。スキルレベルが上がるほど、刺すことの出来る生物も増えていく。

針は複数作ることが出来る。これを複数の生物に刺して、同時に操作することも可能だ。

操作にはいくつかの段階がある。命令して操作するのを『命令操作』という。遠くにいる生物でも、画面に声をかければ命令することが出来る。体を乗っ取り、自分の意のままに動かすのが『憑依操作』だ。針を刺した瞬間は、自動的に命令操作になる。命令操作から憑依操作に切り替えたい場合は、憑依したい生物の画面に、頭を突っ込めばいい。

スキルレベルは生物を操れば操るほど上がっていく。操っている生物は、操る前よりも強くなるという効果もある。この強化度合いも、スキルレベルが高くなるほど上がる。

今、晶子は命令操作で複数の生物を操り、その視点から情報収集しているところだった。

「桜町ちゃん、思ったより強いわね～」

メイがペントスを出るところから鳥を操作して追いかけていたが、道中で出くわした魔物を、とんでもない身体能力であっさりと倒していた。晶子が今操っているのは小動物や低位の魔物だったので、メイを倒すのは困難そうだ。

「ブラックドラゴンねぇ……」

メイを監視している晶子は、ブラックドラゴンの存在も知っていた。

「ブラックドラゴンを操れば勝てると思うんだけど、今の私で操れるかな～」

晶子は『生物操作のスキルノート』を調べた。スキルレベルや、操作している生物の情報、今のスキルレベルで操作可能な生物の名前などが書かれたノートだ。

「おー、いけるっぽい♪」

晶子のスキルレベルはすでに35まで上がっており、ブラックドラゴンは32で操作可能になっていた。針を刺すのは自分である必要はなく、憑依操作をしている生物でも可能だ。

「じゃあ、まずはブラックドラゴンの居場所の把握ね。それから憑依操作に切り替えて、針を刺しましょう」

晶子はメイを監視させている以外の操作生物全てに、ブラックドラゴンの捜索を命じた。

○

俺――善治はブラックドラゴンとの戦闘に備えていた。ホムンクルスの持ってくる情報を待ちながら、武器の生産にいそしむ。

兵士達には、何体かの戦闘ホムンクルスと共に狩りに行ってもらっている。肉はフラメリウムとの取引やダンジョンで獲得可能になったため、もう狩りで手に入れる必要はない。だから今回の主な目的は肉ではなく、盗賊やドラゴンの襲撃に備えて領地周りの地理を覚えてもらうことである。

防壁も作り終えたし、戦闘特化ホムンクルスも十分残してあるので、兵士達全員に行ってもらっていた。

防衛も大切な役目ではあるが、幸いなことに今のところ領地は平和そのものだ。しかし、それだと実戦の時にホムンクルスを統率しながら戦ってもらうという経験を積むことが出来ないので、狩りはその予行演習も兼ねている。

「ゼンジ様、訪問者きました。ゼンジ様知り合いと言ってます」

門番をさせていたホムンクルスが告げにきた。

知り合い……？　フラメリウムで領民を勧誘してきたから、住みたい人が他にも現れたんだろうか。俺が期待を込めて確認しにいくと、立っていたのは予想外の人物だった。

「よう、久しぶりだな」

そこにいたのは元クラスメイトのイケメン男——坂宮徹だった。

26　招かれざる客

「……なんでお前がここにいる」

俺は信じられない気持ちで坂宮を眺める。

フラメリウムを追放されたのはホムンクルスからの情報で知っているが、この領地の場所も、俺がここにいることも、一体どうやって知ったんだ？

坂宮が身につけている服はボロボロで、かなり憔悴（しょうすい）している様子が窺える。多分フラメリウムを追い出されてから、長いこと彷徨っていたんだろう。

今まで坂宮や、奴に加担したクラスメイト達を見返すために領地を育ててきた俺としては、かなり複雑な心境だった。

領地を追い出されて、いい気味だという気持ちにならなかったといったら嘘になる。だが、領地を奪われなければ俺が坂宮と同じ目に遭っていたかもしれない……

さらに気になるのはここにやって来た坂宮の意図だ。あれだけ毛嫌いしていた俺の土地にやってくるなんて、一体どういうつもりなんだ。

まさか領地を奪われたことで、俺への態度を反省したんだろうか。

クラスではいつもちやほやされていた坂宮だが、苦難に見舞われたことで少しは気持ちが変わったのかもしれない……境遇だけ見れば、難民の人達とそう変わらないようにも思える。

もしそうなら、場合によっては手を貸してやった方がいいんだろうか……

そんな風に一人で考え込んでいると、坂宮が言い放つ。

「ここは元々、俺の土地だろ？　だから俺のものにしに来たんだよ、犯罪者」

「……はぁ？」

まさかそんなことを言われるとは思わなかった。坂宮の性格は、元の世界の時と全然変わっていないらしい。

強引に取り換えたくせに、都合が悪くなったら元に戻せと言うのか。

俺が呆然としている間も、坂宮は勝手なことを喋り続ける。

「フラメリウムでは、ふざけた連中に追い出されたんだ。だからしばらくここで力を蓄えて、フラメリウムを取り戻す機会を窺う」

そう言いながら、坂宮は拠点の領民達に目を向けた。

皆は仕事に精を出していて、坂宮が来たことにはまだ気が付いていない様子だ。

「へー、お前以外にも暮らしている人間がいるのか……お、あの子可愛いじゃん。あの子は俺の女にしよう」

坂宮の視線の先にいたのはアイナだった。

流石に俺も我慢の限界だった。俺には領主として、領民を守る義務がある。

俺は坂宮を睨んで言い放つ。

「ここは俺の領地だ。お前はフラメリウムに帰れ」

「帰るかよ。ここもフラメリウムも俺の土地だ。今俺に手を貸したら、体操着泥棒は不問としてやるよ。手を貸さないなら、お前がここから出ていけ」

いきなり来て、あまりにも勝手な男だ。世界は自分を中心に回っているとでも考えているんだろうな。

俺が遭うかもしれなかった災難で坂宮が領地を追われたという負い目は、すっかり消えていた。

坂宮にとって俺は犯罪者で、どんな理不尽な目に遭わせても心が痛まない……むしろひどい目に遭って当然な存在になっているのだろう。

話は通じなさそうだし……もう追い出すしかない。

「こいつを追い払え」

俺はホムンクルス達に命令した。領地のホムンクルス達が一斉に集まってくる。

「何だよ。抵抗する気かよ」

坂宮はため息を吐く。

ホムンクルス達が大勢迫ってきているというのに、余裕な態度なのが気になった。

「性格悪いなお前。手下にしたら多少は使えるかと思ったんだが、やっぱり犯罪者と生活するのは無理だな――召喚」

坂宮がそう呟くと、目の前に何かが現れる。

大きな白い翼の生えた天使……そんな見た目をした人形のようだった。左右の手に剣を持っていて、二刀流で戦えるみたいだ。

そういえば、坂宮にも当然スキルはあるよな。さっきの余裕は、戦闘になったら必ず勝てるという自信からなのか？

数体の中級ホムンクルスが坂宮に襲いかかる。天使人形が動いたかと思うと、ホムンクルスは全て両断されていた。

――っ、強い。

「ははは、ビビったか？　お前は一応殺さないでいてやるから、そんなにビビらなくてもいいぞ。犯罪者とはいえ人間は人間だからな。追い出すだけにしといてやる。寛大な俺の心に感謝するんだな」

一瞬で中級ホムンクルスが倒されるとは……俺の生産スキルとは違い、最初から武器を持っているだけあって戦闘特化っぽい能力だ。この強さでは中級ホムンクルスがいくらいても相手にならないかもしれない。

ここは、奥の手のベルフェを呼び出すしかない。でもあいつ、いつも寝て——と思っていると、声が響いた。

「ゼンジ様のピンチ‼」

同時にベルフェが家から飛び出してくる。まだ何も言っていないのに、生産者の危機を察知する能力でもあるのだろうか？

坂宮もぎょっとしたように叫ぶ。

「なんだ、こいつは⁉」

俺はすかさずベルフェに命令する。

「ベルフェ！　そいつを倒すんだ」

「任せて！」

ベルフェは剣を構え、とんでもない速度で坂宮の天使人形へ飛びかかる。

その姿は普段のやる気のなさからは想像もつかない。いつもは半分寝ている感じなのに、今はパッチリと目が開いている。説明書に書いてあった『覚醒』ってこれのことなのか？

ベルフェと天使人形が、驚異的な動きで斬り合う。ベルフェの身体能力はずば抜けているはずなのに、天使も負けていない。互角の斬り合いだった。

俺はじっと見守っていたが、ふとあることに気付いた。

ベルフェの剣にどんどん傷が付いている。俺がベルフェに渡しておいた剣は、質のいいものではなかった。一方、人形の持っている武器は見るからに高級そうだ。耐久度に差があるのだろう。時間が経つにつれてベルフェの剣が駄目になり、負けてしまう未来が見える。

なんとかしなければ……俺は坂宮に気付かれないように、先ほど坂宮を追い出すために集まってきたホムンクルス達に目をやる。

戦闘特化ホムンクルス、魔法ホムンクルス、遠距離ホムンクルス達がいた。これだけいれば十分だろう。

天使人形は坂宮のスキルだ。操っているのも坂宮本人のようだから、スキル保持者を叩けば戦闘不能になる可能性が高い。

「皆、天使人形じゃなく、坂宮自身を攻撃しろ！」

ホムンクルス達が一斉に坂宮に攻撃をしかける。

気付いた坂宮が、慌てた様子で天使人形を自分の盾にした。魔法と剣撃、弓矢が天使人形に直撃する。すると……天使人形の姿が消え去った。

ダメージを受けたからなのか、人形は消滅した。

坂宮は「嘘だろ……？」と呆然とした表情で呟いた。再び人形を出す様子はない。

消えたら二度と出せないか、もしくは次を出せるようになるまで、時間がかかるようだ。

一瞬ひやっとしたが、坂宮との戦闘に勝利した。

坂宮の隙をついて、ホムンクルスに命令する。

「そいつはスキル石を持っているはずだ。取り上げろ」

また領地を襲われないためには、正直もっと痛めつけてやった方がいい気もするが……スキル石がなくなればそれも無理だろうと思い、やめておいた。

そもそも日本の男子高校生がスキルも持たないでこの世界を生きていくのは難しいだろうし、これ以上、俺の領地に害をなすこともないはずだ。

そのうちにホムンクルスが紫色の石を見つけ出す。これが坂宮のスキル石なのだろう。取り上げると必死の形相で迫ってきた。

「か、返せ！」

この石は偽物で、坂宮の演技の可能性もあると思ったが……くまなく探してもそれらしいものは他に出てこなかった。これが本物で間違いないだろう。

「ここから消えろ」

俺が睨みつけると、坂宮は苦虫を噛み潰したような顔をする。

だが次の瞬間、いきなりハッとした表情になり、にやりと笑みを浮かべた。

「おい、そこの女達！」

坂宮が農地の方に向かって声を張り上げた。

戦いが始まったあたりから、遠巻きに俺達を見守っていた皆がざわつく。

「誰？」

「ゼンジさんの知り合い？」

領民の皆の視線が集まったところで坂宮は叫ぶ。

「この善治って奴はなぁ、最低最悪の人間なんだよ！　お前らは知らないかもしれないが、いじめをしたり、女の服を盗んだり、強姦したり！　犯罪者と同じなんだ！　そんな奴と暮らすより、俺と暮らしたいよなぁ!?」

突然の事態に、俺は呆気に取られるしかなかった。

領民の皆が、いきなり会った坂宮の言うことに耳を貸すとは思えない……普通なら当然そう思うだろうが、俺と坂宮には決定的な違いがある。

俺は元の世界の暮らしで、今までどんな集団にいても疎まれてきた。一方、坂宮は称賛を集めてきた。それは異世界でも覆らないんじゃないだろうか。

坂宮はとんでもないイケメンだ。女性だったら、見た瞬間に心を奪われることだってあり得る。

俺がそんなことを考えて何も出来ずにいるうちに、坂宮は好き放題俺の悪口を言った。俺がここに人を集めているのは、奴隷としてこき使うためだ。俺ではなく坂宮についてくれば幸せになれると主張する。

「あの顔を見ればわかるだろう。犯罪者そのものだ。あいつはクズなんだよ。こんなところにいたら、皆、強引に犯されちまうぞ」

怒りでどうにかなりそうだった。思わず殴り飛ばしそうになる。しかし、ここで怒りに身を任せてたら、皆がこいつの言い分を信じてしまうかもしれない……どうしていいのか分からなくなり、頭が混乱する。

俺が立ち尽くしていると、坂宮に近付いていく人物がいた。アイナだった。

最初から目をつけていたアイナを見て、坂宮は綺麗な顔に笑みを浮かべる。

「お、君は俺についてくる気になったんだな」

アイナが何を口にするのかが怖い。

アイナは初めての領民であり、長い付き合いだ。仲も一番いい。でもアイナだってクラスメイトの女子達のように、俺なんかには目もくれず、坂宮のことを好きになるに決まっている……きっとついて行くと返事をするのだろう。そう思って俯いていた俺の耳に、バァン！　という音が響き渡る。

驚いて顔を上げると、アイナが坂宮の頬を思い切りビンタしたところだった。

坂宮は信じられないといった顔で、叩かれた場所を押さえている。

「な、何をするんだ」

「……ふざけないでください……あなたはゼンジさんのことを何一つ分かっていません」

「分かっているさ。そいつは犯罪者で人間のクズのような男だ」

「ゼンジさんはそんな人じゃありません！　私はゼンジさんに盗賊から助けてもらいました！　ここにいる人達だって、みんなゼンジさんに助けられたんです！　ゼンジさんは縁もゆかりもない私達に、家と食料を作ってくれて……こんな優しい人、他にはいません！　よく知りもしないくせに、ゼンジさんに酷いこと言って……人間のクズはあなたじゃないですか‼」

アイナに続いて、ほかの領民の女性達も口々に坂宮を非難する。

「そーよそーよ」

「何好き勝手言ってるのよアンタ！」

「アンタみたいな奴と暮らすなら、豚小屋で暮らした方がましよ！」

皆が坂宮でなく、俺を信じてくれている……元の世界とは真逆の光景を目にして、胸の中に色々な感情が湧き上がる。

皆が坂宮なんかに騙されてしまうと信じ込んでいた自分のバカさ加減を恥じる気持ち、今まで誤解され続けてきたからといって卑屈になっていた自分を責める気持ち、そして領民の皆が信じてくれたことへの感謝と、嬉しさ——それらの感情が涙となって俺の目から流れ落ちた。

しばらく辺りも構わず泣き続けてしまった。周りの皆は何も言わずにいてくれた。

俺は涙を拭う。そして、力強く坂宮に言い放つ。

「ここは俺の領地で、皆は俺の大切な領民だ。断じてお前のなんかじゃない。今すぐどこかに消えろ」

「ぐっ……」

坂宮はまだ何か言おうと口をぱくぱくさせていたが、もう頭が回らなかったのだろう。そのまま逃げるようにして立ち去って行った。

坂宮がいなくなると、アイナがそっと俺の側に歩み寄ってきた。

「ひどい人でしたね。ゼンジさんのことをあんなに悪く言うなんて」

「その……ありがとう」

異世界に一人ぼっちで放り出されて、自分のために怒ってくれる存在が出来るなんて思わなかった。俺のために坂宮に立ち向かってくれたことに、感謝の気持ちを口にする。

「え？　お、お礼を言われるようなことはしてませんよ。ていうか、私こそ三秒に一回くらいお礼を言わないといけない立場ですよ！　ありがとうございます、ありがとうございます、ありが――」

「いいから！　三秒に一回も言わなくていいから！」

こうして俺は、領地競争のライバルでもある坂宮を追い払うことが出来た。

けれどそのことより、ずっと大きなものを得られた気がする。

俺は今まで、坂宮を含めたクラスメイト達を見返すために領地を発展させようと思っていた。

だけどたった今、皆から領主として慕われ、頼りにされているんだと感じられた。

これからは領民の皆の暮らしを少しでも良くするために、領地を発展させていこう。そう、心に誓った。

○

(クソ……あの女ども、犯罪者に洗脳されてやがった……)

スキル石もなく、サバイバル知識もない坂宮は絶望的な状況に陥っていた。

善治との勝負には負けてしまったが、善治が悪党だと領民達に分からせれば、拠点から引き離して労働力にすることが出来るはずだと考えていた。フラメリウムで暮らしていた時のように奴隷としてこき使い、何もない土地に新しい領地を構えて生き延びるつもりでいたのだ。

だがその目論見もあっけなく失敗してしまった。

「こんなところで……この俺が死ぬわけがない」

坂宮はそう自分に言い聞かせるように呟く。

そうでもしないと、この一人きりの状況に耐えられなかったからだ。

フラメリウムでは遊び惚けていて、まともに地図など見ていなかったので、周辺の地理など分からない。

今更フラメリウムに戻ることは出来ないし、仮に戻れたとしても、殺されるか、一生幽閉されるか、どちらかに決まっている。とにかく歩いて、村か町か、あるいは旅をしている人間にでも出くわさないかと期待しながら、坂宮は草原を彷徨う。

そのうちに日が暮れてきた。すると――

「グルルル……」

二匹の狼が現れた。牙を剥き出し、今にも襲いかかってこようとしている。

スキルさえあれば瞬殺出来るが、今の生身の坂宮ではとても敵わない。

逃げようと後ろを向くと、いつの間にか背後にも二匹の狼がいた。これでは逃げることもできない。

「く、くそ。どっかいけ、お前ら！」

叫んだところで、狼が立ち去ってくれるわけもない。坂宮を今日の餌にしようと決めたようだ。

狙いを定め、四匹が一斉に飛びかかってくる。

坂宮は死を覚悟して咄嗟に目をつむる。しかし、いつまで経っても痛みを感じることはなかった。

代わりに狼の悲鳴が聞こえ、人の声がする。

「大丈夫か、おめぇ？」

坂宮は確信した……誰かが自分を助けてくれたのだ。

やはり自分は神に愛されている人間で、こんなところで死ぬような運命ではなかったのだ。これからフラメリウムを取り戻し、自分をコケにしたゼンジを成敗してやろう。

そこまで想像して、坂宮は目を開ける。

しかし目の前にいたのは、とても善意で人助けするようには思えない連中だった。五人いる男達は、どう見ても堅気ではない人相をしている。服は粗雑なもので、剣を腰に下げていた。

坂宮は一気に不安に襲われる。だが自分を救い出したことには変わりない。見た目が恐ろしいだけで、中身はまともなはずだ。そうであってくれと願いを込める。

しかしそんな願いも虚しく、男達はニヤニヤと下品な笑みを浮かべて話し始めた。

「おい、こいつ綺麗な顔してるな。すげー好みだ」

「俺は基本男は嫌だけど、こいつならいけるわ」

「ちょうど奴隷が死んじまったんだ。代わりにしよう」

「いやー、最初は身ぐるみ剥がすだけのつもりだったが、いい収穫だったな」

気が遠くなりかけた坂宮を男達が担ぎ上げようとする。

「や、やめろ！　俺に触るな！」

暴れまわって抵抗するが、呆気なく取り押さえられる。

「うるせぇな。黙れ」

男にみぞおちを殴られ、あまりの痛みに悶絶する。

「また暴れたら、もう一回殴るからな」

睨みつけられ、恐怖で動けなくなる。坂宮はそのまま男に運ばれていった。

「俺は男でもいいけど、邪魔なのがついているのが嫌なんだ。アジトに着いたら切っちまおう」

「賛成」

（誰か……誰か助けて……）

男達の恐ろしい会話を聞きながら、心の中で助けを求める坂宮であったが、誰も助けに来る者などいなかった。

この先坂宮は、絶望と苦渋に満ちた異世界生活を送ることになった。

27　新領主

俺は再びダンジョンへと向かうことにした。ブラックドラゴンに備え、戦力を少しでも増強しておきたい。それに、坂宮から取り上げたスキルも試してみたかった。

スキル石は自分以外のものでも使えるようだ。ただ、ベルフェやアイナなど、俺以外が持っても発動しない。もしかしたら、転移してきた者以外は使用出来ない仕組みなのかもな。

坂宮のスキル石に触れた瞬間、ノートが現れた。表紙には『天使のマリオネット説明ノート』と書かれている。『天使のマリオネット』というのがスキル名なのだろう。俺はノートを開き、説明を読む。

・『召喚』と唱えると、天使のマリオネットが現れ、意のままに操ることが出来る。
・天使のマリオネットは、スキル使用者から半径三十メートル以上離れることは出来ない。
・操作しないまま数分経過すると自動的に消える。
・大ダメージを受けると消える。その場合はしばらくの間、出せなくなる。
・天使のマリオネットで敵を倒すと、スキルレベルが上がる。レベルが上がると、天使のマリオネットの力も強化される。
・戦闘タイプを事前に選べる。初期は大剣・二刀流・片手剣と盾・槍・ハンマー・弓・魔法のいずれか。レベルが上昇することにより、選択出来る戦闘タイプが増える。
・設定した戦闘タイプに合わせた武器や防具を装備して召喚される。装備の強さはスキルレベルに準じる。
・戦闘タイプを設定しないまま召喚すると、かなり弱い。必ず設定すること。
・召喚中に戦闘タイプの設定は出来ない。
・戦闘タイプを変更するには、前回戦闘タイプを設定した日から一週間待つ必要がある。

スキルレベルは裏表紙に1と表示されている。坂宮が1のままだったわけではないだろうし、恐らくスキル石の所有者が変更されたことで、レベルが初期化されたのだろう。

戦闘タイプの設定もノートから行うようだ。一ページにつき一つの戦闘タイプが説明されていて、ページの右下に『選ぶ』という文字が書いてある。これに触れると変わるらしい。

何にしよう。二刀流は強そうだったが……坂宮が使ってたのでなんとなくやだな。片手剣と盾にするか。俺は今までもホムンクルスやチョウとタンに戦闘を任せてきたし、どちらかというと後方支援に回るタイプだ。使う能力は、防御に向いているものの方がいい気がした。

俺は『片手剣と盾』を戦闘タイプに設定し、召喚を行う。目の前に天使のマリオネットが現れた。右手に剣、左手に大きな盾を装備している。やっぱり守備に向いてそうなタイプだ。

頭の中でイメージすることで操ることが出来る。だが、最初から自由自在には動かせない。坂宮はスムーズに動かせていたので、多分練習が必要なんだろうな。

あと、よく見ると俺の額からごく細い糸が出ていて、マリオネットの頭に繋がっている。この糸が俺の思考をマリオネットに反映させて動かしているとか、そんな原理なのだろうか。

ともかく、これで俺にも多少は戦闘能力が手に入った。ホムンクルス達に頼りきりにならず、少しは自分の力で戦いに参加出来そうだ。

天使のマリオネットの操作を練習する。数十分間頑張って動かしていたら、何とか思うように動かせるようになってきた。

今はスキルレベル1だし、今回はベルフェも連れてダンジョンへと向かった。ブラックドラゴンがうろついている今、あまり長い間領地を留守にするのもまずい。今回も三階くらいで切り上げようと決めて、ダンジョンに入った。

「召喚」

一階に転移すると、早速天使のマリオネットを召喚した。先頭に配置して盾を構えさせ、守備を固めた状態で先へ進む。以前読んだ説明の通り、ダンジョン内部の構造と、宝箱の中身は前来た時と違っていた。だが、出てくる魔物は同じだった。一階は弱い魔物が出て、二階から中級用の魔石が獲れる魔物が現れる。

俺はマリオネットを使って戦闘してみる。盾で敵の攻撃を受け止めるのが、マリオネットの主な役目だ。ベルフェにも戦わせるが、とどめはマリオネットで刺させてもらった。どうも敵を倒さないとレベルが上がらないようなのだ。

一階だけで天使のマリオネットのスキルレベルは4まで上がった。扱い方にも完全に慣れて、今では自由自在に動かせる。

二階のウツボ人やアルラウネを倒していると、マリオネットのレベルが5に上がった。レベルが上がるとマリオネットの動きが少しスムーズになる気がする。説明通り攻撃力も上がっているみたいだし、どんどんレベルを上げていこう。

そして三階だが、前回のような鉄人形は出てこず、あの豪華な宝箱もゲットできなかった……構造が毎回ランダムってことは、前はかなり運の良い収穫だったのだろうか。

当初決めた三階までクリアし、中級ホムンクルスを十体、魔法ホムンクルスを八体、近接ホムンクルスを五体、遠距離ホムンクルスを七体の合計三十体を生産した。

遠距離を多めに作ったのは、ブラックドラゴン対策だ。ドラゴンが空を飛び回っていても、弓なら攻撃が届くはずだ。

天使のマリオネットのスキルレベルは、最終的に8になった。生産スキルも24まで上昇する。あと1上がればレシピが増えるだろう。戦力が増えたところで、俺は領地へ帰還した。


拠点に戻ると、特に異常はなかったとのことだった。ダンジョン攻略中に何も起きなかったことにホッとする。でも、戦力はだいぶ整ったし、これ以上ダンジョンに行かない方がいいだろう。俺のいない間に、ドラゴンの襲撃を受けることだけは避けたい。知らない間に領地が滅んでいるとかまっぴらだ。領主として、領民の皆を守る責任もあるしな。しばらくの間、なるべく領地にいて、警戒を怠(おこた)らないようにしよう。

そして、数日後――フラメリウムに行かせていたホムンクルスが帰還してきた。俺は急いでブラックドラゴンの情報を尋ねる。

「ブラックドラゴンが襲った場所、フラメリウム付近、ミドンキ村というところです。ここから遠く距離あります。二日前はセメタの森というところ、ブラックドラゴンの目撃証言あったようです。

セメタの森もこの拠点より遠くあります」

それだけ離れた場所にいるなら、しばらく領地は安全そうだ。

「他には？」

「申し訳ありません。有用な情報、他はありません。しかし、フラメリウムの領主、話しかけてきました」

急に出てきた領主という単語に、俺は一瞬固まる。

「へ、領主？　領主がなんだって？」

慌てて聞き返す。ホムンクルスの勘違いか、俺の聞き間違いだよな？

「どうやら、市場で活動する我々のこと、前から領主、目を付けられていました。それで領主、ワタシ達の生産者であるゼンジ様に会いたいと言います」

どうも、勘違いでも聞き違いでもないらしい……頭が混乱してきた。

「領主が、俺に……？　一体なんの用件で……？」

「ブラックドラゴン倒すこと、話あるそうです。詳しいこと、直接ゼンジ様に話します」

「う、うーん……」

ブラックドラゴン退治には俺も乗り気だが、現在のフラメリウム領主がどんな人か分からない。

というか、あまりいい人じゃないかもしれない……いくら坂宮がいけ好かない奴とはいえ、隙を突いて乗っ取りをするくらいだ、かなり恐ろしい人物である危険性もある。

呼ばれてのこのこ出て行ったら、何をされるか分からない……とはいえ、無視していたら機嫌を損ねて、軍隊を送り込まれるかもしれない。そもそも、フラメリウムとの取引を禁止されようもんなら、うちの領地は大打撃だ。それだけは避けたい。

うーん……気が進まないけど、ここは会うしかないな。まあ、仮にいい人だったなら協力してブラックドラゴンを倒せて、さらにフラメリウムとの関係も良くなる。いいこと尽くめだ。

問題は俺が今、領地を空けたくないということだ。領主にここに出向いてもらえないもんだろうか。いや、大都市の領主だし、無礼だって機嫌を損ねるかな……そう思いつつも、ホムンクルスに聞いてみる。

「会う方法とか、指定してたか？　ここに来てくれればありがたいんだけど……」

「ここに来てます」

「は？」

思わず聞き返した。何を言っているんだ？

「今、ここに来てます。話しかけられたの、領地のすぐそばの時です。尾行されていたです。気付きませんでした」

「……」

まじか……？　呆気に取られて絶句する。尾行してここまで来たというのか。フラメリウム領主は、かなりの行動力の持ち主みたいだ。部下を使わず、いきなり自ら出向いてくるなんて……

そして今更ながら、ホムンクルス達に物資調達をさせるリスクにも気付かされる。領内で調達出来ないものを仕入れる必要がある限り、こっちが意図せずとも領地の場所を突き止められてしまう可能性は常にあるってことだ。つい最近、坂宮にも襲撃されたばっかりだしな……

地味すぎても誰にも訪れてもらえないし、目立ちすぎても変な奴に狙われる危険性があるし、無名領地をどう運営していくかって、考えものだな……

まあそれは置いといて！　今はフラメリウム領主にどう対応するかだ。俺が無言で色々考えていると、ホムンクルスが尋ねてくる。

「敵意感じませんでした。しかし命令あれば、今すぐ撃退してきますか？」

「いや、ダメ、やめろ。領主とは会ってみるから」

俺はホムンクルスを慌てて止めた。聞いてみると、門ではなく草原で待っているという。

ん？　意外と節度のある態度だな……ずかずか乗り込んできた坂宮とは違うようだ。

28　協力

俺は家の外に出る。ホムンクルスに頼み、フラメリウム領主を領地内に呼んできてもらうことにした。ただし、場所は門のすぐ近くだ。ここなら仮に相手が兵士達を引き連れていたとしても分断しやすいし、塔があるから襲ってきても対抗できる。いざとなったら領主を人質にして争いを回避しよう……

色々と考えながら近付いていくと、赤髪の男が立っていた。中背だが、生気に溢れた顔をしている。歳は三十手前くらいだろうか。軽く動きやすそうな鎧を身につけていて、腰に剣を帯びている。剣も鎧もあまり高価そうなものではなく、その辺の兵士のものと変わらないように見える。

本当にこの男がフラメリウム領主なのか？　いかにも貴族っぽかった坂宮と比べると質素な雰囲気で、とてもじゃないがそうとは思えないな……

「やあ、君が我が領地にホムンクルスを寄越している錬金術師のゼンジ・トリシマ君か？　思ったより普通の人に見えるね」

普通の人に見えるって、初めて言われたな。いや、俺が犯罪者みたいだと言われ慣れすぎてるだけか……

「俺はフラメリウム領主のアガント・クレイモンドだ。よろしく」

フラメリウム領主――アガントは、そう言いながら気さくに握手を求めてきた。俺は軽く会釈しつつ、「よろしくお願いします」と握手に応じる。

本当に領主だったのか……イメージとだいぶ違うな。

俺は領主といってもほぼ草原サバイバルをこなしてきただけだから、この世界の礼儀作法とかよく分からん。こんなんでいいんだろうか。急に怒られそうで怖い。

「あの、一人で来られたんですか？」

実は家臣や兵士達が控えているものとばかり思っていたが……門の向こうを窺っても、草原にそれらしき人影は見えない。

「ああ、そうだ」

……本当に一人で来たのか。この人、マジで領主なんだよな。

「あの、危なくないんですか？　ここ、魔物とか出ますけど」

「ん？　ああ、野盗や魔物程度なら簡単に追い払える。俺はこう見えて結構強いんでね」

アガントは胸を張って笑う。かなりの自信を感じた。クーデターを起こしたり、尾行したりするくらいだし、おそらく実戦経験を積んでいる武闘派なんだろう。

「さてと、時間を無駄にはしたくないので、単刀直入に言う。ゼンジ君、ブラックドラゴン退治に協力してほしい」

来たか……ホムンクルスが言っていた通り、話というのはブラックドラゴン退治の協力要請だった。

アガントは続ける。

「ブラックドラゴンはかなり悩ましい存在でね。俺が領主になるきっかけでもあるから、心情的には生かしてやりたいが、領民のことを考えればそうも言ってられない。ただ今はまだ領内がゴタついてな。俺が動かせる兵はそんなに多くない。ブラックドラゴンを退治するには心もとなくてね」

「それで、俺に協力を？」

「ああ。冒険者なんかも雇えるが、あいつらは連携が出来ないからな。奴らは金のためにブラックドラゴンを退治したいのであって、当事者として居場所を守りたいという真剣みが欠けている。君は冒険者とは違うだろ？」

「……はい。俺も領地を守るために、ブラックドラゴンを倒したいと思っています」

「じゃあ、断る理由はないな。自領を守るためだ。俺と一緒にブラックドラゴンを退治しようじゃないか」

満面の笑みを浮かべて、アガントが再び握手を求めてきた。俺は今度はすぐに手を取らず、もう一度冷静になって考えを巡らす。

本当にアガントと協力してもいいのだろうか……今のところ話に不都合な点はない。俺も領地を襲われるのはごめんだし、協力者が得られるのはメリットしかない……はずだ。

いや……でも、やっぱりまだ共闘する相手としては信用しきれない。何度も言うが、いくら坂宮相手とはいえ、クーデターを起こした張本人だ。

「まずは作戦を聞かせてもらえませんか？　それから協力するか考えます」

29　作戦

結構勇気を出して口にしたんだが、アガントは特に不快な様子も見せず、作戦を話してくれる。

「俺はドラゴンを引き寄せるアイテムを持っている。フラメリウムの領主に代々伝わるものなんだ。こいつを使って、まず戦うのに適当な場所へブラックドラゴンをおびき寄せる。地面に降りてきたところで、集中攻撃を仕掛ける」

シンプルな内容だな……そう思っていると、アガントが続ける。

「ただ、引き寄せてもダメージを与えれば逃げられる。今の俺の戦力では、おそらく仕留めきれない。空を飛ばれたら倒すのは不可能だ。地上で瞬時にとどめを刺す必要がある」

「そこで、俺のホムンクルスの力が必要だと」

「ああ、是非頼みたい」

アガントは真剣な様子だ。俺ももう一度よく考えてみる。

複雑な作戦ではなく、完全な共闘だから裏切られる要素はない。俺達だけに負担がかかることもなさそうだ。そもそもブラックドラゴンと戦う場所を決められる利点が一番でかい。領地を襲われて撃退するのが一番避けたい展開だったんだ……うーん、俺に考えられるところじゃ、断る理由はなさそうだ。

「分かりました。協力しましょう」

俺はそう言って、再度アガントと握手した。

話がまとまったところで、アガントに提案される。

「そうだ、君のホムンクルスの力を見せてくれないか？　それなりに強いと聞くが、この目で確かめたことはないからな。ホムンクルス同士を本気で戦わせてみてくれ」

まあ、それもそうだろう。俺が作戦を把握したかったように、アガントもホムンクルスの強さが分からなきゃ誘った意味がないだろうからな。

俺は近接ホムンクルスを二体用意した。木剣を与えて、手加減なしで打ち合わせる。同じ近接ホムンクルスなので、力の差はない。どちらも譲らず互角の戦いを繰り広げる。

アガントはそんなホムンクルス達の様子をじっくりと観察していた。

「もういいよ」

三十秒ほど経つと、アガントが言った。まだ決着がついてないが、これだけで分かるもんなのか……？　そう思いつつ、戦いをやめるよう指示する。

「想像以上の強さだ。これなら申し分ないな」

「良かったです」

でも、なんかアガントの表情が固くなった気がするんだが……もしかして想像以上に強すぎて、フラメリウムにとって脅威になりうると判断されたのか？　不要な争いは避けたいので、アガントから敵視されるのは困る。気のせいならいいんだが……

「こんなに強いなら、君を敵に回さない方が良さそうだな」

まるで俺の考えを読んだように、アガントは笑いかけてくる。この人、愛想はいいんだが、いまいち何を考えているのか分からないところがある。

「グルルル……」

唸り声がして振り返る。ホムンクルス達を戦わせたせいだろうか。チョウとタンが、アガントの存在に気付いたみたいだ。警戒心を剥き出しにして、じりじりとアガントに近寄る。

「……虎を飼ってるのか？　驚いたな」

そう言いつつも、アガントはそんなに動じたようには見えない。

流石は領主といったところだろうか。肝が据わっている。フォーム達ですらチョウとタンを初めて見た時は慌てふためいていたんだが……やはり、この人はただ者じゃなさそうだ。

「どうやって飼い慣らしたんだ？」

「えーと、マタタビってのがありまして、それをスプレーにして……」

「マタタビ……？　後で詳しく教えてくれ」

アガントは怪訝そうな顔だ。なんかこの場面、既視感あるな。どうもこの世界ではマタタビの存在が全然知られていないらしい。

「それではブラックドラゴン退治だが、今日から十日後までにホムンクルスを連れてフラメリウムの城門前へ来てくれ。ホムンクルスの数は出来る限り多いほうがいいが、この領地の防衛も必要だろうから無理はしないでくれ。これだけ強いなら、少人数でも助かりそうだ。では、頼んだよ」

アガントはそれだけ言うと、領地を去っていった。

はぁ～、疲れた……!!　坂宮と違って人格に問題があるようには見えなかったが、領主の座を奪った男だ。有能で頭の回る男に違いない。隙を見せたら俺や領地だって狙われる可能性がある。

とりあえず、しばらく協力していればいきなり戦争になることはないだろう。仮に事を構える時が来るとしても、もっと力を蓄えてからでないと駄目だろうな。

とにかく、残り十日か……それまで、少しでもホムンクルスを増やしておこう。

30　メイ、狙われる

「グオオオオオオオ!!」

上空から巨大な雄たけびが響く。ボク――桜町メイはうんざりした気分で、その鳴き声を聞いた。

正直「また!?」って感じだ。

「いでよ、グラニュー！」

ひとまず、急いで魔剣グラニューを召喚する。スキルレベルが上がってもデザインは最初と変わらず、シンプルな黒い剣のままだ。

空を見上げると、咆哮（ほうこう）を轟（とどろ）かせながら黒い竜――ブラックドラゴンが飛んでいる。しかも間髪容（かんはつい）れずに、ボクらに向かって急降下してくる。

「背中に乗って！」

メーリスに声をかける。ボクは右手でグラニューを持ち、左手でおんぶしたメーリスを支える。そして全速力でダッシュし、ブラックドラゴンから逃げ出した。

スキルのおかげで、身体能力が向上している、今までなら……というか普通の人間なら絶対に出せない速度で、ボクは草原を駆け抜けた。

チラチラと上空を見るが、ブラックドラゴンはまだ追ってきている。洞窟の中とか、隠れられる場所を探さないと……そう思いつつ走り続けていると、数体の大きな熊達が突進してくる。

ボクはグラニューで、熊達を切り捨てる。だけどホッとする間もなく、今度はたてがみからツノをたくさん生やしたライオンのような魔物がボクを追いかけてきた。強化されたボクの足でも引き離せず、隣に並んで走ってくる。かなりのスピードだ。

左右両方から並走され、右側のライオンが首元を狙って飛びついてきた。直後、左側のライオンも足に噛みついてくる。

最初の一頭をグラニューで倒し、もう一頭はジャンプしてかわす。仲間が殺されたせいか、攻撃に失敗したライオンがそれ以上追ってくることはなかった。

そのまま走り続けると、遠くの山肌に洞窟っぽいものが見えた。ボクは大急ぎで中に入る。ありがたいことに結構広くて、奥深くまでもぐりこんだ。

「はぁ……これでひとまず大丈夫かな……」

背中のメーリスを下ろし、ボクは安心して座り込む。

経験上、ブラックドラゴンが地上に降りて攻撃してくることはない。

なぜそんな経験があるかって――フラメリウムに向かう道中、なぜか知らないけど何度も何度もブラックドラゴンに襲われているからだ!!

最初は探してた相手だから、ラッキーなんてお気楽に考えてたけど……こんなにしつこくされたらたまったもんじゃないよ。しかも、倒そうとしても絶対に空から降りてこないから、攻撃が届かない。

一方、ブラックドラゴンは上空から火を吐いてきたり、魔法を使ってきたり、あの手この手でボク達を仕留めるつもりみたいだ。しかもブラックドラゴンだけじゃない。それ以外の猛獣とか魔物とかまで連携して襲いかかってくる。

正直、何が起きているのか意味不明だ。なんでブラックドラゴンはボク達をつけ狙っているんだろう……賞金欲しがってるのがバレたのかな。とにかく、ドラゴンにストーカーされてるなんて、洒落(しゃれ)になんないよ!

さらにわけがわからないのが、ドラゴンとは全然関係なさそうな生き物もまるでチームプレーな動きで攻めてくることだ。殺傷能力を持ったありとあらゆる生き物から、ずーっとターゲットにされ続けているって感じだ。

最初は偶然かなくらいにしか思ってなかったけど、ここまで続いたら流石におかしい。襲ってくる生き物達は妙に統率が取れているし、もしかして、誰かが操っていて、ボク達を倒そうとしてるんだろうか……といっても、そんな魔法聞いたことない。考えたくないけど、クラスメイトの誰かのスキルだったりするんだろうか……

そして、悔しいけど手も足も出ないのが現状だ。ドラゴンは地上に降りてこないから、洞窟に逃げ込んではやり過ごしてるけど……いつまでもこんなことしてられないよ。食料だって無限にあるわけじゃないし……

「困ったね……どうしよう……」

心細くなって、しゃがみこんだままメーリスに尋ねた。メーリスは冷静に洞窟の中を調べている。

「……この洞窟、別の場所につながっているかも」

言われてみれば、確かに風の動きを感じる。ここから別の出口に出られれば、ブラックドラゴンも追ってはこられないよね！　ただあんまり洞窟が長すぎると、途中で食料がなくなっちゃうかも……いや、でも今はこれ以外に、方法なんてない！

「よし、別の出口を見つけよう！」

ボクの決意に、メーリスも頷いた。

暗い洞窟の中をメーリスが魔法で照らしてくれる。こうしてボクとメーリスは、洞窟の中を進んでいくことにした。

31　ブラックドラゴン退治

ブラックドラゴン退治の決行の日まで、俺はホムンクルス生産に奔走(ほんそう)した。ブラックドラゴンがこの近くにはおらず、当面襲われないという情報も確認できたので、五日間ダンジョンに通いつめた。生産出来たホムンクルスの数は、合計二百体——ここまでくると、本物の軍隊みたいだ。

これなら万が一フラメリウムと戦争になっても勝てるんじゃ……なんて一瞬思ったが、そもそも俺は戦争なんてしたくない。殺されるのもまっぴらだし、ホムンクルスに人殺しを命じるのだって嫌だ。

今回のことで、初めて領地同士で協力するという体験をすることになって、色々考えてしまう。協力することがあるなら、戦争になることだってあるだろう。

俺には政治や外交なんて分からないから、どうやったら戦争を避けられるのかさえ、いまいち理解出来ていない。仲悪いよりは仲良くしといた方がいいだろうとか、小学生レベルの考えしか浮かばない。他の領地には、きっとフラメリウムみたいに元から家臣がいたりするんだろう。俺の領地でも専門技能を持った人をもっと集められたらいいな。次の目標にしよう。

ただ、今やるべきはドラゴン退治だ。

ホムンクルスを大量生産した俺は、それぞれの装備も準備し、フラメリウムに出発する支度を整える。連れていくのは、中級ホムンクルスと戦闘特化ホムンクルス、総勢百五十体だ。

ベルフェにも参加してもらう。強化ポーションをさらに二本飲んでもらった。以前と同じペースで能力値が上がったから、大きな戦力になってくれるはずだ。

そして迎えた出発の日——アイナが思いつめたように声をかけてきた。

「あ、あの、ゼンジさん。私も行きます……！」

いきなりの申し出にびっくりした。

「駄目だ。今回は危険すぎる。それに、アイナは戦えないだろ」

「うぅ……でも、心配で……」

アイナがしょんぼりしながら言った。

しかし、今回はフラメリウムへ買い出しに行くのとはわけが違う。ドラゴン討伐はあくまで領主である俺の仕事だと思うし、俺以外は全員領地に残ってもらう。

万が一俺に何かあった時に備えて、領地のホムンクルス達も結構たくさん残しておいた。

領地そのものが乗っ取られないような制限をかけつつ、防御用に置いていくホムンクルス達の指揮権は、領民の皆——特に元城兵の人達に任せてある。

「ゼンジさん。絶対無事に帰ってきてくださいね……！」

残る決意をしてくれたらしきアイナが、それでも必死な様子で俺に言った。

「それじゃあ、いってくる」

俺が言うと、領民の皆も口々に声をかけてくれる。

「無事帰ってこいよ！」

「気を付けてね！」

元の世界では犯罪者扱いだった俺が、いつの間にか皆に認められる存在になれてたのか……生きて帰らないと、という思いを新たにする。俺は領民の皆に見送られながら、領地を出発した。


フラメリウムには、集合予定の二日ほど前に着いた。大量のホムンクルス達をわさわさと引き連れている俺を見て、流石に門番の人も驚いた様子だ。慌ててアガントを呼びに行く。

「よく来てくれ……っ!?」

アガントも俺を歓迎しかけて、ホムンクルス達にぎょっとしたようだった。

「凄い数だな。拠点にはここまでいなかったと思ったが」

「えっと、あれから頑張って増やしました」

「たった数日でこんなに増やせるのか……？」

アガントが顔を強張らせる。
ヤ、ヤバい。また警戒されたかもしれない。
ただし、そんな表情をされたのは一瞬だった。

「凄いなぁ。君は超一流の錬金術師なんだな」

アガントはにこやかに俺を褒め称えてくれる。けどこの人、腹の中で何を考えているのか分からないんだよな……いまいち目が笑ってない気もするし……正直怖い。

ブラックドラゴンを退治したあと、油断しているところを後ろからグサッ！　なんてことにならないよう気を付けておこう。なんか領地経営って自分の領地だけの問題だと思ってたけど、ご近所付き合いも結構重要だな……

「こっちも準備は出来ているから、いつでも行けるぞ。ブラックドラゴンは部下に監視させているから、大体の居場所は突き止めてある」

アガントから退治を持ちかけてきただけあって、その辺の情報収集はぬかりないようだ。

「ただ、妙なことが起きていてな……ブラックドラゴンの行動パターンが、最近明らかに変化しているんだ。生態がはっきりしていない魔物だから一時的なものかもしれんが……場合によっては作戦を練り直す必要がある」

行動パターンが……？　なんか引っかかる話だな。

「とにかく、まずはドラゴンの今の居場所まで向かおう。俺のアイテムは近付かないと効力がないからな」

そう言われてアガント達の隊列に加わる。フラメリウムの兵士は、五百人くらいいる気がする……ま、待て待て。こんだけいても仕留めきれないのかよ⁉

よく考えたら、肝心なアガント側の兵力を聞くのをすっかり忘れてた。無名領主の俺に助けを求めるくらいだから、もっと少ない兵力だと勝手に思い込んでいたのだが。飛び立つ前に倒さなきゃいけないとはいえ、一匹に五百人がかりって……

そのうえ抜け目なさそうなアガントが、俺の協力もないと危ないと踏んだんだよな。どんだけやばいんだよ、ブラックドラゴン……今までの狩りやダンジョン攻略とはレベルの違う戦いになりそうだ。

32 待ち伏せ

「この洞窟、いつまで続くんだろ……」

ボク――メイと、それからメーリスは、洞窟の中を歩き続けていた。

もう何日も歩きっぱなしだ。それなのに、なかなか出口に到着しない。中に食べられそうな生き物はいないので、食料がピンチだ。本当に出口があるのか心配になりかけたところで、ようやく岩肌の向こうに、太陽の光が差しているのが見える。で、出口だ！

これだけ歩いたんだし、流石にブラックドラゴンもいなくなったよね！

洞窟から出たら、町を探して休憩しよう。ここんとこ逃げ回り続けて、もうクタクタだよ。ブラックドラゴンを退治する方法も考えなきゃ……

少しホッとしつつ洞窟から足を踏み出した、その瞬間――

「グオオオオオオ‼」

雄たけびが耳に飛び込んできた。

まさか……ボクは空を見上げる。そこには、翼を広げるブラックドラゴンの姿があった。

「う、う、嘘だ〜‼　なんで⁉　なんでいるの⁉」

思わず叫ぶ。メーリスも声こそあげないものの、横で驚いているのが伝わる。

山を貫通するトンネルみたいな長い洞窟だったし、これで撒けないとかあり得ないよ。この距離を待ち伏せって……ス、ストーキングのレベル高すぎない……⁉

まるで出口がどこにあるのか、最初から知っていたみたいだ。ブラックドラゴンって、ボクが思っていたより賢かったのかな……いや、そんなレベルじゃ片付けられない。やっぱり、なんかおかしい気がする。

「戻って！」

メーリスが鋭く言った。確かに洞窟内にいれば襲われないけど、中には食料がない。このままじゃ、いずれジリ貧になってしまう。

どうしたらいいんだと頭を抱える。だけど同時に、なんか無性にムカついてきたぞ……なんであいつ、ボクのことをこんなにつけ回すんだ。ボクが何をしたっていうんだ……あっ、まあ、退治しようとはしてるけど……いや、だからってストーキングしていい理由にはならないぞ！　全然降りてこないし、卑怯というものだ。正々堂々と戦え！

ボクは何か出来ることはないかと周囲を見渡す。洞窟の外には大きな岩がゴロゴロと転がっていた。

これなら……よし、もう逃げ回るのはごめんだ。

「メーリスはしばらく洞窟にいて！　いでよ、グラニュー！」

そう言い残して、ボクは魔剣グラニューを手にする。それから近くにあった一抱えくらいある岩を持ち上げた。スキルの効果で、今のボクは人間離れした力を持っている。これだけ大きな岩でも、ほとんど重みを感じない。

ボクは岩を空中に放り投げ、両手でグラニューを握る。それから野球のノックの要領で、グラニューをフルスイングし、岩を飛ばした。

「どぉりゃあああああ!!」

グラニューで打った岩が、ブラックドラゴン目がけて凄い勢いで飛んでいく。ちなみにこれもスキルの力なのか、グラニューは硬いものでも刃こぼれしたりはしない。なんでも切れるってわけじゃないみたいだけど……

しかしブラックドラゴンは高度を上げ、あっさり岩をかわしてしまう。

くそ～、ようやく空中に攻撃する手段を思いついたのに、一体どうしたらいいんだ……はっ、そういえば『敵が攻撃しようとしている時に隙が生まれる』と、ボクの尊敬するアルガが言っていた気がする。

ブラックドラゴンの今までの習性を思い出してみると、よく使う攻撃手段の炎を吐く時に、少し飛ぶ高度を下げていた。外したら焼かれちゃうかもしれないけど、その隙を狙うしかない！

ボクは再び岩を持ち上げた。

ブラックドラゴンがボクを目がけて下降してくる。火を吐くために大きく息を吸う……今だ！

ブラックドラゴンの頭に目がけて、岩をノックする。だいぶずれてしまったけど、今度は腹の辺りに命中した。ブラックドラゴンは苦しそうにうめきながら、再び高度を上げる。

結構ダメージを与えられたみたいだ！　これならきちんと頭に当てれば、仕留められるかもしれない。

すると突然、体が光に包まれる。なんだか力が湧いてきた……あっ、これってメーリスの魔法だ！　身体能力をアップしてくれたんだね。

回復だけじゃなく能力強化の補助魔法も使ってくれるから、メーリスがいてくれて本当に助かる。

これで岩の威力も高まるはずだ。

と思っていたのも束の間……ドラゴンが高度をかなり上げて、とても岩が届かない位置まで上昇してしまった。そしていきなり、空から大量の岩が降り注いでくる。

やばっ！　あのドラゴン、魔法も使うんだった！

前もこんな感じで、空から大量の岩の雨を降らせてきたことがあった。

多分魔力消費が激しいんだろう。ほとんど使ってくることはないし、一度使ったあとに連続でやってくることもないんだけど、めちゃくちゃ厄介だ。

一度発動したが最後、数十分間ずっと空から岩が降り続けてくる。

ここはいったん洞窟に退避してやり過ごすしかない……そう思って、急いで戻ろうとした途端——落ちてきた岩が洞窟の出入り口を塞いでしまった。拳で岩を壊そうとしていたら、今度はボクの真上に岩が落ちてくる。

慌ててかわすけど、とにかく次から次へと岩が降ってくる。これじゃ、洞窟に隠れる余裕なんてないよ！　魔法が終わるまで、よけ続けるしかない。補助魔法の効果のおかげで、なんとか最後までかわしきったけど、あまりに長時間動き回っていたのでへとへとになった。ちょうど岩の雨が途切れたところで補助魔法の効果も切れた。どっと疲労が襲ってくる。

……ていうか、ここどこ⁉　夢中でよけてたら迷子になってるし！

そのうえ、ブラックドラゴンも視界から消えている。慌てて空を見ると、いつの間にかすぐ真上にブラックドラゴン迫っていた。ドラゴンが火を吐こうと、大きく息を吸い込む。

やばい！　今、手近に岩はない。疲労で足も上手く動かない。

し、死ぬ――

そう思った時、ブラックドラゴンが空高く舞い上がった。そして、そのままどこかへ飛び去っていく。

へ？　ど、どういうこと？

ぽかんとしたまま、しばらく呆然と見送っていたら、ある場所で急降下した。

えっ……もしかして、地面に降りたの!?　何がなんだか分からないけど、地上にいるならチャンスだ！　岩でかなりダメージを受けてたっぽい……ってことは、ブラックドラゴンの耐久力はそこまで高くないかもしれない。グラニューで直接斬りさえすれば、意外とあっさり倒せるかもなんだ！

メーリスは洞窟に閉じ込められたままだけど……どのみちドラゴンを退治しないと、いつまでも襲われ続けることになる。やっと訪れたチャンスを無駄には出来ない。ボクはドラゴン退治を優先することにした。

身体はきついけど、気合でなんとかしよう。ボクは気力を振り絞り、ブラックドラゴンが着地した方へ全速力で向かった。

33　戦闘開始

俺──善治は、アガントと共にブラックドラゴンの現在地付近にたどり着いた。見張りの兵士が、アガントに状況を報告する。

「ブラックドラゴンは現在上空に留まり続けています。何かを待っているような動きです」

アガントが怪訝な表情を浮かべる。

「……待つ、留まる？　そんな行動を聞いたことは一度もないな……引っかかるが、アイテムを使いやすいのは好都合だ。場所は？」

「はい、ロングロー岩石地帯です」

「あそこか。いつ動き出すか分からないから、急いで出発するぞ！」

俺達はさらに歩を進める。

「ところでドラゴンを引き寄せるアイテムって、どんな物なんです？」

道中でアガントに聞いてみる。そういえば、実物を見ていなかった。兵士達が運んでいる様子もないので、多分アガントが持っているんだろう。

「これだよ」

アガントが懐から取り出したのは、巻かれた羊皮紙のようなものだった。

「これにはドラゴンをおびき寄せる紋章が描かれている。広げると紋章が光り、ドラゴンを呼ぶんだ。効果の出る範囲には限りがあるから、ある程度相手に近付く必要がある」

「どこまで近付けば使えるんですか？」

「目視出来る位置だな。ああ、それと効果は全てのドラゴンにあるからな。巣のそばなんかで開いたら大変な目に遭うぞ」

目視できる位置……ぶっちゃけ遠いのか近いのかよく分からん。五百人がかりで倒すくらいだから、相当でかいドラゴンなんだろうが、よく考えたら、俺はそもそもまだ見たことすらないんだよな。


そして、さらに数日——

兵士の報告で、ブラックドラゴンの姿が確認出来たという。

確かに遠くの空に黒いものが飛んでいるが……この位置からだと、俺には豆粒くらいにしか見えん。なんとなく動きが分かるくらいだ。

「本当に一箇所に留まっているな。一体、何をしているのか……」

アガントの視力では、あれがブラックドラゴンとはっきりと分かるようだ。この差は、元の世界でスマホ漬けだったせいなのか……？

「！　少し動いたな」

アガントに言われてよく見ると、ドラゴンが飛行する高度を下げていく。

そして、今度はいきなり上空にまで飛び立ち、ついに雲に隠れて見えなくなる。すると、何かが地上に降り注ぎ始めた。かなり広範囲に落ちているように見える。

「あれはブラックドラゴンが使用する岩石落としの魔法だ。誰かと戦っているようだな」

げっ、魔法まで使うのか……と思ったが、アガントは俺と反対に喜んでいる様子だ。

「これは好都合だ。あの魔法は強力だが、何度もは使えない。俺達との戦いでは使用出来ないだろう。倒しやすくなったぞ」

アガントが声を張りあげ、兵士達に号令を出した。

「皆、急いで用意をしてくれ！　終わり次第、アイテムで呼び寄せるぞ」

部隊に一斉に緊張が走る。兵士達が駆け回り、武器の配備や、兵器の準備やらを急いで行う。中には大砲らしきものまであった。それから魔法使いが、呪文を唱え始めた。詠唱が長いから、きっと強力な魔法なんだろう。

俺は特に準備はいらない。立ったまま寝ているベルフェを叩き起こすくらいだ。

それから数十分――ブラックドラゴンはずいぶん長い間魔法を使っていたが、それが終わる頃になると、こちらの準備は万全になった。

「さあ、始めるぞ」

アガントが言って、羊皮紙を広げた。

その瞬間――全軍が奮い立ち、臨戦態勢を取る。

最初はブラックドラゴンの位置が遠すぎて、本当にアイテムが効いているのかも半信半疑だった。

だがブラックドラゴンが徐々に近付いてくるにつれて、まるで吸い寄せられるみたいに真っ直ぐこちらに飛んできているのが分かるようになる。

俺が天使のマリオネットを発動させると、さっき叩き起こしたベルフェが間延びした声で尋ねてくる。

「あれを倒すの～？」

「ああ、そうだ」

今回はダンジョンの宝箱からゲットした大きい剣を、ベルフェに持たせてある。ブラックドラゴンを斬るには、普通の剣では難しいだろうからな。

「ふぅん、デカくて強そうだね」

他人事のようなゆるい反応に思わず脱力する……てか、出発前にドラゴン退治だって伝えといただろ！　あの時も立ったまま寝てたのか？

アガントはアイテムの羊皮紙を地面に置き、兵士達をかなり後方まで下がらせる。

「攻撃するのはブラックドラゴンが地面に降りてからだ。俺の合図で一斉に攻撃しろ」

中途半端なダメージでは空に逃げられるんだったよな。俺もホムンクルス達に、アガントの合図と共に攻撃するよう指示を出した。

いよいよブラックドラゴンが近くまで飛んできた。

え……？

天気が変わったのかと錯覚するくらいの大きさの影が地面に落ち、ドラゴンの羽ばたきが激しい風になって吹きつけてくる。間近で見るととんでもない迫力だ。動物園で見た象とかより断然デカい。というか、俺の見たことのある動物でたとえられるレベルの大きさじゃない。全長が数階建てのビルくらいある……ってことは、軽く十メートルを超えてるはずだ。

元の世界でもこの異世界でも、こんなにデカい生き物を見るのは初めてだ。俺は度肝を抜かれて硬直する。

ついにブラックドラゴンが地面に置かれた紙の近くに降り立った。着地した瞬間、物凄い音とともに地震のような衝撃が走る。兵士の大半がよろめいて倒れ込んだが、俺はベルフェに支えられて無事だった。

ブラックドラゴンは視線を羊皮紙に注いだまま、じっと動かない。低い唸り声を出しているが、俺達は眼中にないようだ。

じっと様子を窺っていたアガントが「攻撃だ!!」と大声で叫ぶ。

同時にホムンクルス達が一斉に襲いかかり、アガントの兵士達もそれに続く。大砲を撃ち、魔法を使い、弓矢を放ち、槍で突撃し、様々な手段でブラックドラゴンを攻撃する。

俺も天使のマリオネットでブラックドラゴンに斬りかかった。

「ん……？　ああ、もう攻撃していいんだ」

ぼけーっとしていたベルフェがかなり遅れてドラゴンに向かっていくのも見えた……お前、いい加減にしろよ！

こうして俺達の全勢力をあげた攻撃がブラックドラゴンを襲うが……正直、あんまり効いていないように見える。大砲はダメージが通ったみたいだが、兵士やホムンクルス達の槍や魔法は跳ね返されている。かなり鱗が硬いらしく、生半可な攻撃では歯が立たない。

俺の天使のマリオネットも、防御型なせいか大した威力を発揮出来ていない。そういえばスキルの説明に、戦闘タイプを変えられるってあったな。もっと攻撃力の高いタイプに変更しとくべきだった、失敗した……

そんな不利な戦況の中、アガントがブラックドラゴンを斬りつけた。人間が出せるのかと思うくらいの速度で走り、ドラゴンから攻撃を受けることもない。アガントの剣は特殊な金属で出来ているようで、ドラゴンの硬い鱗に阻まれることなくダメージを与えている。戦っているところは初めて見たけど、やっぱりというか、想像以上に強い。スキル持ちならともかく、生身の人間としては異世界でも相当なレベルなんじゃないだろうか。

アガントに続いて、今回の主戦力であるベルフェがようやくブラックドラゴンに攻撃を加える。

強化ポーションのおかげか、ただでさえ人間離れした能力の持ち主だったベルフェはさらに強くなっている。ブラックドラゴンの首に斬りかかると、その辺の鱗を大量にはぎ取ってしまった。ベルフェの攻撃に、アガント達はかなり驚いた様子を見せている。ベルフェがホムンクルスだと伝えていなかったし、いつも眠そうな女以外に印象がなかっただろうから無理もない。

アガントとベルフェが鱗を破壊してくれたので、そこから攻撃が通りやすくなった。集中攻撃を加えていく。

「グアアアア!!」

一方のブラックドラゴンも、黙ってやられてはいない。尻尾を振り回して暴れる。前線にいた兵士とホムンクルス達がまとめて吹っ飛ばされる……てか、ベルフェも巻き込まれている。大丈夫か⁉

「いてて」

ベルフェはそう言いながらすんなり立ち上がった……軽傷で済んでいるようだ。

「怯むな！　戦え！」

反撃に怯える兵士達を奮い立たせるため、アガントが叫ぶ。一方、ホムンクルス達は変わらないペースで戦い続けている。こうして人間と一緒に戦っているところを見ると、どんな攻撃にも怯まず命令に従うホムンクルスがどれだけ強力な戦力なのかよく分かった。

こうして戦いが俺達に有利になってくると、ブラックドラゴンは反撃を諦め、代わりに巨大な翼を羽ばたかせ始めた。

せっかくここまで来たのに、逃げられるのはまずい！

だが物凄い風が巻き起こり、多くの兵が攻撃どころか、吹き飛ばされずにいるのに精いっぱいだ。

そんな中、俺はなんとか天使のマリオネットを操作し続ける。ベルフェとアガントも何度もブラックドラゴンに斬りつけているが、ついにブラックドラゴンが地面から浮きあがり始めた。

このまま飛び去られると思った、その時——

「おりゃあああああ!!」

どこか聞き覚えのある声が響き渡った。

何者かが物凄いスピードで走ってくる。そいつは飛び立ちかけているドラゴンよりも高くジャンプし、その頭を思い切り斬りつけた。

34　再会

そいつの攻撃は凄まじい威力で、浮遊していたブラックドラゴンが地面に叩きつけられる。かなりダメージを受けたようで、ドラゴンは小刻みに痙攣（けいれん）している。もう飛び立つことも難しいそうだ。

俺はすかさず声を張りあげる。

「ベルフェ！　とどめだ！」

「は～い」

ベルフェが剣を振り上げ、ブラックドラゴンの頭に追撃を加える。頭の鱗がだいぶ脆くなっていたのだろう、ベルフェの斬撃がまともに突き刺さる。頭を深く斬られ、鮮血が飛び散った。

「グアアアアアアアア!!」

ブラックドラゴンの断末魔の叫びが響き渡る。ブラックドラゴンは頭から地面に倒れこみ、そのまま動かなくなった。

「……た、倒した」

「倒したぞ!!」

兵士達が口々に声をあげ、それが集まって、最後には勝利の雄たけびになった。皆手を取り合って、お互いの無事を喜びあっている。

だが俺はそれよりも、先ほどブラックドラゴンを攻撃した奴のことが気になっていた。

あの声……俺の記憶が確かなら……信じられないことではあるが……

「ふあ～、倒せたぁ……って、あれ？　何、この人達？」

その人物はくたびれた表情を浮かべながら、地面にしゃがみ込んでいる——間違いない。見間違えるはずがない。そこにいたのは俺の親友、桜町メイだった。

「メイ！」

「んー？」

を向く。するまで、メイは俺の存在に気付いていなかったようだ。名前を呼ばれて、初めてこちらを向く。すると、みるみるうちに表情が変化していく。最初は気の抜けた顔をしていたのに、信じられないものを見るように目を見開く。

「ゼ……ゼンジ……？　ゼンジなの？」

俺が本物だと確信が持てないようだ。メイは立ち上がると、ゆっくりこちらに近付いてくる。

「ああ。お前の友達の鳥島善治だ」

俺がそう言うと、メイは目を潤ませる。

「ゼンジ！」

そう叫びながら、メイが俺に突進してくる。そのままの勢いで思いっきり抱き着かれてしまった。

「お、おい」

「生きてた……！　良かった……良かった……！」

俺の無事を確認したメイは、ボロボロと泣きだした。俺はどうしていいか分からず、メイの頭の上に手を置くと、ぽんぽんと撫でてやる。感動の再会――と思いきや、メイは突然ガバッと身を起こし、俺から離れた。

「な、な、なんでボクの頭を撫でてるんだ～！」

顔を赤らめながら絶叫されて、面食らう。

「いや、だってお前が泣くから。そもそも最初に抱き着いてき――」

俺の言葉の途中で、メイが遮るように早口で話し始める。

「ボ、ボクは泣いてないぞ。強い戦士は泣かないんだ！」

「お、おう……」

あんなに泣いといて、誤魔化せると思ってんのかこいつは……と思いつつも、久しぶりの再会なので、一応頷いてやった。

「ところで、メイはなんでここにいるんだ？　この辺に領地を貰って、ブラックドラゴンを退治しに来たとかか？」

「違うよ！　ボクはゼンジを探してたんだ」

メイは自分が異世界に来てからの出来事を、簡単に説明してくれた。

「領主やめたって……やってた方が探しやすかったんじゃ……」

「そ、それくらいわかってるし！　勢いだよ、勢い！」

相変わらず抜けているようだが……まあ、俺のためにしてくれたと考えると嬉しくはある。

「ゼンジは思ったより元気そうじゃん。心配しなくて良かったのかな」

「あー……最初は結構大変だったんだぞ。今はようやく安定してきたけどな」

「どんな感じだったの？」

俺が異世界に来てからの話をしようとした時――

「ゼンジ、その子は知り合いなのか？」

アガントがそう尋ねてきた。

「え？　あ、そうです。長いこと会ってなかったんですが、久しぶりに再会したというか」

「ブラックドラゴンにあんなに強烈な一撃を与えるとはな……俺もその子に色々聞きたいことがあるが、出来れば今は後回しにしてくれるか？　怪我人の手当をしたい」

「あ……」

激しい戦いのあとで、皆ボロボロだ。怪我をしている人もたくさんいる。メイとの再会が衝撃的過ぎて、周りが見えていなかったな。俺はホムンクルスの司令塔だし、ずっと喋ってるわけにはいかない。

「話はあとにするか」

俺がメイに言うと、涙目ながらも、こくりと頷いた。

初めて味方になってくれるクラスメイト……しかも、親友のメイと会うことが出来た。これからどうなっていくかはまだ分からないが、領地経営に協力してくれないもんだろうか。

そう考えながら俺はメイと共に、怪我人の救助に向かった。

35　野望

「……今回は正直、予想外だったなぁ～」

工藤晶子はため息を吐きながら、城の自室にあるふかふかしたベッドに寝転がった。

晶子はブラックドラゴンを操ってメイを狙っていた。かなりいいところまで追い詰めたのに、途中でなぜか制御不能になってしまったのだ。

理由は晶子にも分からない。ただ今回の件で、このスキルも全能ではないと思い知らされた。魔法かアイテムか、はたまた誰かのスキルが原因かは分からないが、何らかの力に邪魔されて、操作が効かなくなったのだろう。

(憑依操作じゃないのがいけなかったのかしら？　スキルレベルは十分だと思ったんだけどな～。もうちょっと色々試して、スキルのことを調べた方が良さそうね)

ブラックドラゴンには命令操作を使っていた。それが原因で操作できなくなったのではないかと、晶子は推測した。

憑依操作は対象を自由自在に動かせる代わりに、そこまでにはかなりの練習が必要になる。身体の構造が違うものに憑依するので、いきなり上手く操るのは難しい。

今回も本来なら憑依操作でいきたかったのだが、練習する時間の余裕がなく、やむを得ず命令操作を使った。

（ま、ひとまずメイちゃんと、鳥島善治君が再会したって分かったのは収穫だったかな。そういえば、元の世界でも仲良かったわよね〜。メイちゃんは領地ないんだし、このまま手を組んでもおかしくないわね。そういえば、鳥島君の能力ってどうなのかしら？　ブラックドラゴンを倒しちゃうくらいだし、強そうだから欲しいけど……）

ブラックドラゴンの制御が効かなくなったあとも、晶子は鳥を操作し、成り行きを見守っていた。

しかし、善治とメイが手を組んだ場合、今の晶子の力で倒せるかは分からない。

（うまいことまとめて手に入れたいわね……）

晶子はまず、善治の領地を詳しく調査することに決めた。

（それから……私の周りの領地を侵略して、もっと勢力を拡大したいわね。ついでにスキルをいっぱい手に入れちゃえば、それだけ有利になるし）

晶子の治める領地は、善治のいるポロナイズ地方を擁するラマク帝国とはまた別の勢力に属している。地球でいうところのアフリカ大陸の北西辺りに位置する『シープイン王国』の『ハルマーニャ』と呼ばれる都市だ。

海に面しているため強力な海軍を有しており、海を隔てているとはいえラマク帝国に最も近いため、王国随一の交易の要衝でもある。

何もせずとも金が流れ込んでくる領地なのに、シープイン王国とラマク帝国を隔てる『アブダル海峡』の領有を主張し、通る者に通行料を課して、拒否した船の積み荷を没収するという海賊まがいの行為までやっていた。

おかげで晶子は莫大な資金をスタート時点から持っていた。晶子はその財力を使って、強力な魔物を生け捕りにしてはスキルの練習台にしてきた。そんな滅茶苦茶な方法をとれたからこそ、猛スピードでスキルレベルが上げられたのだ。

晶子は恵まれた領地で豊かな生活を送ってきた。だから今まで自分の強力かつ育てがいのあるスキル以外に興味がなかった。

しかし現在、シープイン王国では内乱が起きているという話が耳に入っている。

（この内乱に乗じて国を統一しちゃえば、もしかして私が女王様になれるんじゃない？）

晶子はふと思いついた。これは戦争も政治もまるで分からない、本来ただの女子高生である晶子の短絡的な思いつきにすぎなかった。

しかし困ったことに、晶子はそれが叶えられる境遇にあった。晶子の強力なスキルと有り余るほどの大金をもってすれば、あながち不可能な話でもない。

（うちには優秀な家臣がいるみたいだし、そいつらに頑張らせよっかな♪）

晶子は早速家臣を呼び寄せると、自分をシープイン女王にしろという大それた命令を平気で下したのだった。

この作品に対する皆様のご意見・ご感想をお待ちしております。

おハガキ・お手紙は以下の宛先にお送りください。

【宛先】

〒150-6008 東京都渋谷区恵比寿4-20-3 恵比寿ｶﾞｰﾃﾞﾝﾌﾟﾚｲｽﾀﾜｰ 8F
(株) アルファポリス　書籍感想係

メールフォームでのご意見・ご感想は右のＱＲコードから、
あるいは以下のワードで検索をかけてください。

ご感想はこちらから

本書は Web サイト「アルファポリス」(https://www.alphapolis.co.jp/) に投稿されたものを、改題、改稿、加筆のうえ、書籍化したものです。

生産(せいさん)スキルで国作(くにづく)り！
～領民(りょうみん)０の土地(とち)を押(お)し付(つ)けられた俺(おれ)、最強(さいきょう)国家(こっか)を作(つく)り上(あ)げる～

未来人Ａ (みらいじんえー)

2020年８月31日初版発行

編集－田中森意・篠木歩
編集長－太田鉄平
発行者－梶本雄介
発行所－株式会社アルファポリス
〒150-6008 東京都渋谷区恵比寿4-20-3 恵比寿ｶﾞｰﾃﾞﾝﾌﾟﾚｲｽﾀﾜｰ8F
TEL 03-6277-1601 (営業)　03-6277-1602 (編集)
URL https://www.alphapolis.co.jp/
発売元－株式会社星雲社 (共同出版社・流通責任出版社)
〒112-0005東京都文京区水道1-3-30
TEL 03-3868-3275
装丁・本文イラスト－三弥カズトモ
装丁デザイン－AFTERGLOW
印刷－中央精版印刷株式会社

価格はカバーに表示されてあります。

落丁乱丁の場合はアルファポリスまでご連絡ください。

送料は小社負担でお取り替えします。


ISBN978-4-434-27774-0 C0093